Vivre en 2014... OH putain !

à Michel Pierre (17/08/1947-20/07/2012),
mon frère Jumal, qui ne m'a pas attendu !
à Oksana Irina Poirier, ma petite fille.
Dès que j'aurais passé l'arme... à l'extrême gauche, sera Héritière du Droit Moral de mes bouquins.
à Joëlle Delmarre

à tous ceux à qui j'ai infligé ma présence.... patience ça devient bon.

N'obtenant pas de ventes supérieures à 200 000 exemplaires je n'ai pas les moyens de faire appel à un correcteur pour les fautes d'orthographe,
de syntaxe ou autres. Connaissant l'histoire je ne relis pas moi même.... Si c'est chiant pour vous, imaginez pour moi.
Signé : L'auteur
PS. C'est aussi de, votre faute, fallait en acheter plus

Roman Instinctiviste

Introduction

Depuis 2014, en France de grands changements sont intervenus. Après la campagne électorale très âpre de 2017, Marine-fille-de-son-père, avait repris le programme complet des années 1976 de Georges Marchais, immigration comprise (https://www.youtube.com/watch?v=nsCaoc-FuiA), et la stratégie d'implantation du PCF, quadrillant les quartiers. Elle obtint 29% des voix au premier tour des élections présidentielles, score comparable à celui du PCF de l'époque Georges Marchais. Elle fut qualifiée pour le deuxième tour contre Court-sur-pattes-lourd-du-cul-sur-talonnettes le revanchard, qui lui avait repris le programme facho-libéral des mêmes années de Ne-Voit-que-d'un-oeil, père de Marine. Court-sur-pattes-lourd-du-cul-sur-talonnettes remporta sans gloire l'élection présidentielle, avec l'appui des voix socialistes, malgré un taux d'abstention record de 61,4%. Cette victoire à la Pyrrhus, offrant un second mandat à un homme qui avait échoué sur tout, lors de sa première mandature, ouvrit une erre de conflits sociaux, de grèves à répétitions, de répression féroce, d'émeutes dans les banlieues, d'augmentation massive du chômage, d'explosion de la dette publique qui dépassa quatre mille milliards d'euros, une forte récession suivie d'une déflation hors norme, générant la poursuite de la dégradation en : Caa3, perspective stable, des notes données par les agences de notation financières Standard & Poor's, Moody's et Fich Rating. Le soulèvement populaire de ceux que l'on nommait à l'époque «les Rien à Perdre» fut d'une extrême violence, des manifestants et des membres des forces de répression furent tués par dizaines lors des émeutes du 10 septembree 2018. Ces événements cataclysmiques conduisirent Court-sur-pattes-lourd-du-cul-sur-talonnettes à démissionner, juste après son troisième divorce d'avec Silicone-Aphone, sa nympho-chanteuse d'épouse, qui s'enfuit vivre aux USA

Vivre en 2014... OH putain !

avec le fils aîné qu'il avait eu d'un premier mariage, le rappeur Quiroule-de-N'amassepasmousse. Blessé, détruit, Court-sur-patteslourd-du-cul-sur-talonnettes, ne supportant plus le désamour des français, le rejet de son peuple, se trouva, par sa femme, une raison familiale de haïr le rap et le mime sirupeux. Il parti se réfugier à Netanya en Israël où face à la mer, dans laquelle il jeta sa Rolex, il s'assit en position du lotus pour se consacrer à l'étude des halokhot qu'il se faisait lire dans la langue des signes par une jeune Ashkénaze bègue. L'élection présidentielle anticipée qui le vit gagner d'un cheveux, contre Marine-fille-de-son-père, porta Droit-dans-mesbottes, le bordelais, au pouvoir, ce qui calma un temps la rue, puis les émeutes redoublèrent. Lassé des mesquineries de son camp, de la gronde populaire qui était partie des banlieues pour toucher les campagnes les plus reculées, il renonça en 2022 et partit sous des jets de cannelés et les huées des socialistes qui l'avait trouvé trop à gauche. L'élection de 2022 vit la victoire de Marine-fille-de-son-père en concomitance de la prise du pouvoir du Ukip au Royaume Uni et d'Alternative für Deutschland en Allemagne. L'Europe des marchés, du tatillonnage, des règlements à la con, de l'ultra-libéralisme explosa, chaque pays repris sa souveraineté, ses frontières, ses règles, sa banque centrale et sa monnaie... L'Europe fut mise à l'indexe par la finance mondiale qui perdit un moyen efficace de rançonner les contribuables, par les intérêts de la dette, donc les classes moyennes. En rétorsion la France refusa d'honorer sa dette, héritée de l'ancien régime, cette escroquerie mise en place par le président Tête-de-sots-ans-cheveux en 1974, sous l'aimable pression des Bilderberg, obligeant l'état à payer des intérêts exorbitants aux banques privées qui empruntaient elles, à la banque centrale, pour rien... Pour ne pas mécontenter les spéculateurs, les mafias reconverties dans la finance, cette merveilleuse machine à laver l'argent sale, la banque fédérale des USA leur émis suffisamment de dollars pour annuler leurs pertes virtuelles... Depuis John Fitzgerald Kennedy les présidents américains tenaient leurs engagements vis à vis de la mafia. La

planche à billet servit aussi pour maintenir artificiellement le taux de change du dollar, à l'avantage des USA, vis à vis des autres devises... Le contrôle des changes, en France, fut rétabli... une forte émigration des classes défavorisées commença vers les USA, le Brésil et l'Afrique. En 2027 les électeurs voulurent élire, en désespoir de cause, Miss Pie-Revêche-Verte du parti « Europe écologie les verts ». Au cours de ce mandat très agité, en dehors d'une imagination défiant l'entendement pour inventer des taxes de toutes sortes pour plumer le prolétaire, tout en faisant joli dans la tête des écolos germanopratins dont le seul horizon de verdure était le carré compris entre le « passage de la petite boucherie », la rue de l'abbaye, le boulevard Saint Germain et la rue Bonaparte, l'accent fut mis sur une autre idée à la con : la réussite de tous les élèves dans leur cursus scolaire.
-Ce n'est pas une idée à la con de vouloir le succès de tous les élèves, me dis-je avec cet art de la contradiction qui me transforme souvent en mon principal opposant... me prouvant à moi même qu'une partie de ma pensée peut être éprise de justice.
-Toutes les classes d'âges, dans un soucis d'égalité des chances, furent amenées à réussir au 'Doctorat sans valeur pour tous'... sans aucune valeur puisque pour tous... me contre-dis-je avec le sens de la répartie qui me caractérise.
Là je me toise pour m'interjeter que :
-La théorie égalitaire trouve ses limites dans la pratique, si pour dix postes il y a cent postulants ayant le même CV, quel critère objectif sera utilisé pour les départager ?... le tirage au sort, le quatre-vingt-et-un... que nenni, le communautarisme, le piston, le réseau, la corruption... voilà ce qui départage. Putain dans la controverse je ne me ménage pas, tiens prends ça dans ta gueule...
Après le 'bac dévalué pour tous' de ses prédécesseurs qui permettait au moindre balayeur d'être au minimum bachelier, bachelier certes mais payé comme un balayeur. Les élèvent ne pouvant avoir le bagage intellectuel nécessaire finissaient footballeurs, chanteurs de

Vivre en 2014... OH putain !

rap, acteur de cinéma ou... dealers pour les plus entreprenants d'entre eux. Devant le succès du projet, le gouvernement s'interrogea, sur le devenir de tous ces nouveaux supers diplômés, en regard des besoins réels du pays, ces diplômés ayant tous leurs doctorats, donc seules des méthodes inégalitaires purent valoriser leur peau d'âne... La France essaya d'exporter ces 'docteurs en foutage de gueule' pour récupérer une petites parties des sommes investies dans le projet, mais aucun pays ne voulut de ces diplômés au rabais. Il fallut de surcroît importer les ouvriers nécessaires au bon fonctionnement du pays, même si le plan robotique/numérique commençait à palier ce manque de main d'œuvre moins qualifiée. Ces dirigeants élevés hors sol n'avaient que des idées à la con, voulaient faire un moule ou devaient se fondre tous les individus, la réussite par l'uniformité alors qu'elle n'est envisageable que par l'uniforme ôté pour laisser s'épanouir la créativité de chacun. Si tous les pays ne devaient avoir que des ingénieurs ou des professeurs de linguistique je ne suis pas certain que la vie resterait possible... mais valoriser les salaires des métiers manuels pour permettre à chacun de vivre dignement est une idée qui leur passe largement au dessus du crâne... ne sont pas prêt de bouffer lorsqu'il n'y aura que des linguistes pour peupler la terre. C'est à cette même époque que la consommation de viande fut interdite, les verts n'étant pas à court d'imagination une fois de plus, question idées à la con. Le regroupement des populations commença dans des pôles 'vie et travail' pour limiter les déplacements et exercer un meilleurs contrôle sur le pékin ordinaire, également pendant ce mandat débuta l'automatisation à distance de l'agriculture. Un nombre de plus en plus important de personnes, n'ayant pas le profil pour se fondre dans ce moule éducatif, restèrent sur le côté du chemin, les robots ayant pris les emplois naguère possibles pour ceux n'ayant pas la chance d'avoir un haut niveau intellectuel... Le chômage fut exponentiel, les troubles sociaux explosèrent, la présidente Pie-Revêche-Verte fut chassée du territoire à coups de légumes bio... ce qui sauva les apparences, imaginons la honte d'une écologiste boutée hors de France par des jets de légumes transgéniques... Devant les troubles incessants qui compromettaient ses dividendes, Bilberger décida de prendre en main les destinées du monde, celui se qualifiant de libre, d'occidental, pour le seul profit de l'oligarchie dominante de la finance, prise en main qui se fit en plusieurs étapes, d'abord en sous-main. La constitution d'un groupe d'intérêts communs autour des religions Protestantes et Judaïques, les plus compatible avec le business sans restrictions, le libéralisme sauvage, la loi du plus fort dopé contre le plus faible entravé, façonna les esprits, puis l'abandon officiel des souverainetés et formation des United States of World, en opposition aux religions catholiques et Musulmanes plus réticentes vis à vis du monde du 'tout pour le service exclusif du Dieu argent'.... C'est là que ce roman commence.... en 2084.... que les âmes sensibles se retirent... que les parents de jeunes enfants les suivent... j'ai peur de les voir se suicider en masse après la découverte de leur avenir... les révélations enfin divulguées de la vierge de Fatima au cours de sa troisième apparition....

Vivre en 2014... OH putain !

Chapitre 1

Situation géopolitique

Welcome to our twentieth setting meeting goals of global governance...
Parce qu'il était le petit fils d'un ancien président de la république française du début du 21-ième siècle, H1, plus connu pour avoir laisser un nom dans la montée de la courbe des maladies vénérienne que dans l'inversion de celle du chômage, H2 bénéficiait du surnom de « H1 gonad's residue ». Affublé de ce sobriquet méprisant par ses condisciples, H2, le gouverneur élu au suffrage universel de l'état France, confortablement assis sur son fauteuil, le cinquième en partant de la gauche de la troisième rangée, appuya sur le bouton 'ON' canal 2 de son traducteur anglais/français pour suivre la conférence. Son anglais approximatif exigeait un effort constant, en conséquences il s'autorisait cette facilité qui lui permettait de garder le cerveau en roue libre pendant les diatribes convenues, anti-masses populaires et anti-camp d'en face, des membres du comité directeur qui se succédaient pour le show à la tribune. Ce n'était que la veille au soir, vers 23H, qu'H2 avait reçu son invitation. Convoqué par le Bilberger board en urgence absolue, niveau de confidentialité maximum requis « C.1+ ». H2 n'avait pas eu le temps, il n'aurait de toutes façons pas obtenu l'autorisation, de prévenir Juliette, sa maîtresse d'alors, pour l'accompagner. Juliette, actrice en vogue, tournait actuellement « Nicolas, François, Carla, Valérie et les autres», un film biopic commandité par Bilberger-Entertainment-Productions sur les dessous croustillants de la vie politique de ce début de 21 ième siècle. Hier soir, au même moment, la production était venue chercher l'actrice pour la conduire à Alméria, dans le sud

de l'Andalousie, où elle devait tourner des scènes d'extérieures... coïncidence ? Curieux... Habituellement la comédienne se contentait de jouer en studio, devant un fond vert, tous les décors réalisés préalablement en numérique venaient se superposer à son jeu, ou plus exactement la performance de Juliette y était électroniquement incrusté.

    H2 avait l'habitude de ces réunions où il ne faisait qu'écouter les ordres, directives qu'ensuite il se devrait de faire appliquer scrupuleusement par ses sujets, juste son job. Le rôle de gouverneur se résumait à servir de courroie de transmission, de buvard à doléances, de fusible... sa fonction d'homme de paille. Il n'avait été élu que pour ça, pour cette mascarade démocratique, cette comédie nécessaire aux rôles que chacun acceptait de jouer. En réalité le Bilberger board l'avait sélectionné sur des critères de docilité, d'ego surdimensionné, de moralité à géométrie variable, et aussi d'informations sur son passé qui leur donnaient prise sur lui, comme le faisait la NSA, la CIA ou le Ha-Mosad-le-Modi'in-u-le-Tafkidim Meyuhadim en fin de siècle dernier, exerçant des pressions sur des philosophes, journalistes, syndicalistes, leaders politiques Maoïstes ou Trotskistes subitement devenus, par un coup de baguette magique, les meilleurs propagandistes du pouvoir États-uniens ou Sioniste de l'époque... certains de ces nouveaux prosélytes, dont un au nom évoquant un renard de l'époque de Jules César, trouvait même des financements et des espaces de promotion pour ses films, films trop rusés ou trop... nuls, pour attirer dans les salles le nombre suffisant de gogos équilibrant financièrement l'opération... de suffisants, il n'y avait que les auteurs, les ciné-désastres... Le board, après le stage de formatage idéologique d'H2, avait cautionné sa candidature, organisé sa campagne électorale, réalisé son élection. Son passé d'agitateur, de syndicaliste étudiant... période de sa vie où H2 avait des convictions, provisoirement en rupture avec sa classe sociale, convictions de façade qui ne lui auraient pas permis une carrière de premier plan dans notre monde devenu communiste-

Vivre en 2014... OH putain !

libéral... une société qui cumule les dérives totalitaires du communisme dévoyé, un communisme avec à sa tête des assoiffés de pouvoir... les mêmes spécimens que ceux qui dans le passé, après sa chute, avaient pris les commandes du libéralisme sauvage... et le plus inégalitaire du libéralisme... ce parcours permettait de constituer un dossier suffisant auquel, cerise sur le gâteau, l'ajout de photos compromettantes sur lesquelles des groupes de jeunes filles, pas vraiment majeures, assouvissaient ses fantasmes les plus pervers... Dossier accablant, utile s'il était dévoilé, pour qu'il termine sa vie dans l'ombre et la précarité, si d'aventure sa conscience montrait des signes de sortie du profond coma où il la maintenait. Les électeurs, dotés de puces électroniques insérées obligatoirement au huitième jour de la vie, le Géo-Personnal-Indentifieur-Vital, y rechargeaient leurs droits sociaux en passant dans l'isoloir à chaque élection... gamme de droits octroyés en fonction de la touche choisie pour le vote électronique. Il avait par ce biais été élu à 99,99 % des voix, la seule manquante, la sienne, une petite coquetterie dont il aimait se targuer en privé. En contre-partie de son dévouement à la cause, H2 bénéficiait d'une vie plus que confortable, d'honneurs à ne plus savoir qu'en faire, se voyait encerclé de courtisans tous plus pleutres et veules les uns que les autres, qui se battaient, se bousculaient, jouaient des coudes, en venaient parfois aux mains... pour lui lécher l'orifice terminal du tube digestif. Il participait aussi à des meetings concoctés à sa seule gloire, réunions avec ce petit relent de lynchage de celui qui pense autrement s'élevant au dessus du parterre de fanatisés, foule à encéphalogramme plat, ovationnant à qui mieux mieux la moindre parole s'envolant de ses lèvres, puis au signal du chauffeur de salle, tous comme un seul homme, scandaient son nom, H2, H2 H2, H2 interminablement, mécaniquement, stupidement, dans un grégarisme confondant, agitant des drapeaux en grands nombres pour abreuver, de ces images qui font jolies diffusées en boucle dans les flashs d'informations des journaux de désinformation commentés par des journaleux à la botte se traînant à plat ventre pour picorer les miettes qui tombent de la bouche trop pleine à s'en étouffer des dirigeants du board… peu crédible pour le côté spontané de l'enthousiasme, du délire… qui croit encore au crédible, au spontané, au sincère, au ressenti ? Le crédible est devenu parfaitement incroyable de nos jours. Ces mêmes pantins téléguidés, guignoles pitoyables, zombis envoûtés, lyncheurs sur commande, formés à l'école du supporter sportif, se rangeaient en colonnes d'ovations sur le passage de H2, lorsqu'il gagnait ou quittait la scène, priaient pour faire parti des élus qui allaient bénéficier de l'onction par le toucher de mains, échange tactile furtif qui fidélise à vie le décérébré porte-étendard qui voit ses accus de dévotion rechargés… Étendards, spectateurs, adeptes, idolâtres, tous acheminés, conditionnés, payés par l'organisation. À ces occasions, H2 se prenait pour Steven Tyler… hormis la gueule chirurgisée de vieille star hollywoodienne qu'aborait le chanteur sur le retour… il s'y voyait sur la scène revêtu du pantalon collant à grosses rayures jaunes et noires, l'arrière train rebondi, le moule sexe amplifié à rendre jaloux un âne en rut, les cheveux voltigeant sur ses épaules, des tatouages de la tête aux pieds, le petit-gilet léopard ouvert pour exhiber un torse glabre dont il était fou, torse qu'il se caressait de l'indexe jusqu'à s'obtenir une érection, souriait de toutes ses dents de céramique ultrablanches, saluait de la main, se jetait dans la foule, embrassait les petits enfants, touchait des bandes de mains tendues comme un pantographe les caténaires, cabotinait, finissait même par considérer la chose comme naturelle, se persuadait qu'il ne devait cet engouement qu'à son seul mérite. Il croulait aussi sous des décorations aux titres ronflants, des chevaliers par-ci, des doctorhonoris-causa par-là… des rubans, des rosettes, du veston il en avait les revers cousu. Une décoration ne te coûte pas cher, elle t'attache l'impétrant pendant le reste de sa vie, se sent distingué, valorisé, protégé par les quelques fibres de tissus symbolique qu'il arbore fièrement à la boutonnière, presque intouchable… retourne en enfance, a eu la croix d'honneur cette semaine, le bon point, l'image,

Vivre en 2014... OH putain !

le hochet... Agueu Agueu... encore un effort et il va retourner se lover à nouveau dans le placenta et la chaleur utérine. La décoration, le meilleurs rapport qualité prix pour l'investissement du décernant. Les Bilberger lui offraient en prime, une vie sociale pleine, que sa médiocrité ne lui aurait pas permis d'espérer, même dans ses rêves les plus fous... Jusqu'à sa sexualité quantitativement exigeante, séquelles d'une adolescence trop tournée vers la masturbation compulsive devant les pochettes de disques de Ioanna Mouskhouri, preuve de sa perversité, qui se voyait pourvue, étanchée, rassasiée, comblée. Revers de la médaille, les décisions impopulaires imposées par le board l'exposaient temporairement à de fortes contestations, simulacres obligatoires pour un semblant de jeu démocratique, le peuple, transformé méthodiquement avec sa complicité, en populace, a besoin de ces petits moments de contestation ludique pour garder l'illusion de vivre dans le régime démocratique qui lui a été vendu. Qu'est-ce que la démocratie dans un monde communiste-libéral ? Juste exprimer un avis suggéré, matraqué, imposé, téléguidé sur des sujets pour lesquels l'électeur n'a aucune compétence, à qui l'on dissimule la moindre information pouvant le conduire à se forger sa propre opinion, d'avoir le moindre esprit critique... arrête ! Serait capable de voter pour ses propres intérêts ce con d'électeur et non pour ceux du groupe Bilberger, intérêts forcément antagonistes. La démocratie pour eux c'est de désigner des représentants, parmi un choix sélectionné, formaté, imposé, qui une fois élus ne feront que, ce pour quoi ils ont été programmés. Signer des chèques en blanc c'est son seul rôle à l'électeur, ensuite il doit fermer sa gueule quand il découvre stupéfait la somme qui y a été inscrite... le coup de la légitimité... au début du siècles avec l'abstention très forte, la non inscription sur les listes électorales et le vote blanc, les dirigeants se faisaient élire avec moins de 20% du corps électoral potentiel... ce qui pour la légitimité commençait à poser des problèmes, situation réglée avec les droits sociaux dépendants du vote. Maintenant la légitimité ne se discute plus, la directive : surtout ne jamais respecter le programme qui n'était là que pour amuser la galerie... peut se faire avec arrogance... les programmes ne sont que des alibis pour offrir une bonne conscience aux médias larbins et aux masses populaires qui ont échangé leur dignité contre un plat de lentilles numériques... puis l'exercice du pouvoir, le pragmatisme, la confrontation avec les réalités du monde... excuses invoquées pour ne pas honorer ses engagements... En réalité, l'élu n'est à son poste que pour mettre en oeuvre ce que l'oligarchie lui dicte de faire... l'important c'est d'imposer des élites marionnettes qui expliquent à longueurs de temps aux populaces démissionnaires qu'il n'y a qu'une voie, une seule pour leur salut... Ces élites qui font semblant de ne pas sentir le doigt, la main, le bras des marionnettistes qui s'enfoncent bien profond, jusqu'à l'épaule, dans leurs trous du culs, pluggés d'avance pour en faciliter le passage, bras qui les anime, pour que les Panurge conditionnés se rendent en rangs biens organisés jusqu'à l'urne pour les plébisciter... Après un moment de forte adhésion les premières semaines, alors que le nouvel élu n'a encore rien fait, suit, lorsque l'électeur ne juge que ses propres rêves, le temps de la déception et du rejet, pourtant l'élu ne fait rien de plus ni de moins qu'à l'époque de la forte adhésion. Là, débute la phase de la comédie-bashing contre la politique du gouverneur qui ne tient pas ses promesses, gesticulations verbales nécessaires pour donner un goût de démocratie, une odeur de pluralisme... malheureusement un goût de parfum artificiel, violentes au début, les critiques font rapidement place à des commentaires plus consensuels de la part des médias... Médias sous la coupe et aux ordres des financiers, financiers tous dépendants de Bilberger, quand ce dernier décide de siffler la fin de la récréation, la masse des laquais au garde-à-vous obéit... après les phases classiques de la révolte, du rejet, du déni, le moment de la résignation est venu. Le virtuel-football prend la relève pour cristalliser les petits moments de grogne, les supporters peuvent se défouler verbalement équipes contre équipes, encouragés par les chanteurs et acteurs qui sont là pour montrer le chemin s'ils veulent continuer de profiter de leurs avantages scandaleux... le board peut à tous moments les faire retomber dans l'oubli et la vie médiocre, le vivier des prétendants, prêts à toutes les bassesses pour en croquer à leur tour, grouille plus qu'un bassin d'élevage de tilapias.

H2 écoutait d'une oreille discrète, sachant que ses conseillers et ses chefs de cabinets assistaient tous au briefing dans la salle de training jouxtant celle des séances plénières... *surpopulation.... contre nos intérêts vitaux.... appauvrissement des ressources.... réservées dorénavant aux membre du board et des relais exécutifs au sein de chaque état... suppression des inactifs... rentabilité... concurrence avec le monde des islamo-catholiques... augmentation de nos profits... baisse des charges liées aux variables d'ajustement humaines... construction de nouveaux silos des mis en attente... modernisation des îles de résidence des membres du board... protection des intérêts... essais des armes létales à ondes comprises en 10 et 60Hz, de celles à captation magnétiques...* **Un mot de temps à autre, voir une phrase trouvait un écho, une résonance dans son cerveau, puis la rêvasserie le reprenait... Son seul intérêt maintenant dans sa vie de gouverneur, sa seule possibilité d'autonomie, son seul espace de liberté, c'était de laisser libre cours à sa sexualité, de baiser le plus possible, battre des records, what else, plus il montait dans la hiérarchie du pouvoir apparent, plus son sexe prenait le pouvoir sur lui... il ne pouvaient s'en empêcher, son regard se posait sur chacune de ses consoeurs. Il en détaillait le physique, comparait les décolletés, estimait, si elle n'était pas habilement dissimulée par un foulard ou un tour de cou, la qualité de la peau entre le menton et la naissance des seins, partie qui révèle souvent l'âge, malgré les efforts des chirurgiens... comme les marguerites de cimetières, ces taches brunes sur les mains et le visage. H2 détailla la Gouverneur de Léttonie, imaginait ses seins nus, essayait d'en déduire la forme, la fermeté ou le relâchement, puis examina la gouverneur de Croatie, il se demanda si chez cette brune typée, au maquillage accentué à la limite de la vulgarité, quelques longs poils noirs plantés autour de l'aréole de ses fortes** mamelles ne viendraient pas en rompre le charme, le détail atroce qui le faisait débander illico... H2 tourna la tête, s'étira le plus possible pour essayer d'apercevoir, derrière lui, les longues jambes de la gouverneur de Pologne, devinait le départ d'une cuisse fuselée, s'émoustillait en imaginant l'avancée de sa main droite frôlant le bas, main qui devenait plus caressante lors de son passage du nylon au grain de la peau, peau d'une grande douceur à cet endroit, son imagination en percevait même l'odeur sucrée, puis celle plus pimentée de son haired sexe blond... juste avant de s'aventurer dans les profondeurs chaudes et humides d'...

La violence de sa soudaine érection, entravée par son pantalon trop serré et sa position peu propice, le ramena à la réalité... *Suppression des poids morts qui réduisent les profits... renforcement des corps de combattants expédiés sur le terrain des affrontements avec les forces Islamo-catholiques....* Mort-bleue se dit-il, en son for intérieur, heureusement que les médias sont maintenant sous contrôle... je vais échapper aux manifestations d'hostilité trop violentes... c'est beau le progrès, pour nous les exécutants, de nos jours, la conduite des masses s'est de beaucoup simplifiée... nous n'encourrons plus de risques de lynchage médiatique depuis la mise en place des cérébraux-contrôleurs, qui apportent aux politiciens la même aide qu'à l'époque ancienne les clôtures électriques Lacmé aux gardiens des troupeaux de vaches. Il faut avouer que nous avons mis le paquet pour rendre cons les électeurs... L'éducation individualisée, dispensée en virtuel par Googlearn, God, la nouvelle religion obligatoire avec ses trois prières et ses deux confessions journalières, confessions contrôlées par un détecteur de mensonge... L'arrivée du numérique, au siècle dernier, fut l'étape essentielle dans la mise au pas et de l'abrutissement des populaces... par les consoles et leurs jeux addictifs, les smartphones, tablettes et autres appareils, tous au service du formatage de la pensée, les réseaux sociaux diffuseurs de la morale bien propre sur elle, de l'échange de pensées cucul-la-praline, de mièvreries débilitantes, auto-prescripteurs de

Vivre en 2014... OH putain !

l'asservissement, et du football comme nouveau Graal. Après un démarrage progressif, les populations en sont devenues très demandeuses, droguées même. A la surprise générale du board, l'abêtissement de masse s'est opéré beaucoup plus rapidement que prévu... Le peuple digne, fier, cultivé, prompt à la révolte, respectable du début du vingtième siècle, a disparu, il s'est transformé en cette populace vulgaire, soumise, d'ignares et de serviles de cette fin de vingt-et-unième siècle, plus de classe ouvrière solidaire cherchant à s'émanciper, uniquement du lumpenprolétariat bête et méchant. H2 s'égarant à nouveau dans ses pensées, concentra son attention sur l'organisation des galipettes ludiques de sa nuit prochaine, de ses libations qu'il espérait à destinations buccales. H2 se demandait s'il allait choisir une sexe-animatrice très jeune ou une plus expérimentée... les amphétamines, la cocaïne et le tadalafil lui permettront de satisfaire la compagne mise à disposition par l'organisation... il avait une réputation à défendre, l'image de la France ne pouvait se dégrader dans tous les domaines... au moins il nous reste le cul s'enorgueilli-t-il. Une idée traversa son esprit concernant les libations, il se voyait présenter son saint récipient à la déesse sexuelle, les gouttes à répandre sur l'autel de sa bouche... ne devra pas gâcher une seule molécule de sa divine semence cette déesse d'un soir... Dans le passé, il avait lu que certains s'étaient fait confondre par des éjaculas dispersées sur le sol, les murs... pas la bonne déesse, pas le bon autel. La fonction liée au pouvoir décuple la mégalomanie et les sécrétions prostatiques. H2 en est généreux, voire dispendieux, n'en garde pas en stock, c'est un adepte du flux tendu, pour la gestion de son jus testiculaire, il livre tous les jours que The God fait, et plutôt deux fois qu'une.

Le catalogue des femmes mises à disposition défilait à nouveau sur l'écran virtuel de ses lunettes. H2 se surpris à penser : pour la tenue des meetings et les à-côtés, on peut dire ce que l'on veut de Bilberger, mais question organisation... une grande blonde un peu ronde, une rousse aux yeux verts, une blonde plus petite avec de petits seins pointés en avant, les mamelons contractés, une brune à heveux courts aux longues jambes, une petite asiatique à coupe au carré et sourire ensoleillé, une belle noire aux courbes rebondies.... son choix s'arrêta sur cette jeune femme de type africain aux courbes généreuses... un clignement de cil valida son choix... la jeune femme fut avertie immédiatement de la commande, de l'heure et du numéro de chambre, ce que confirma l'accusé de réception... il lui restait huit heures pour se préparer....

Le congrès se déroulait sans incidents. Tout était réglé au millimètre près par les spin-doctors, les discours préparés minutieusement, avec les traits d'humour intercalés et les temps de pause indiqués pour permettre les rires du public, un public vassal acquis par obligation, puis au bout de quatre secondes un signal visuel signalait à l'orateur le moment de reprendre le cours de son discours, le texte défilait devant ses yeux sur un prompteur virtuel, évitant ainsi de quitter le public du regard, exercice dont le dirigeant installé devant le pupitre ne se privait pas, scrutant un à un les exécuteurs de leurs basses oeuvres, comme le cobra la timide rainette... au même moment, l'observé sentait un frisson glacé lui parcourir la colonne vertébrale. Les caméras complices envoyaient le visage des intervenants, tous membres du comité directeur, sur trois écrans géants. Le regard du conférencier jaillissaient comme un rayon laser de ces écrans pour converger vers un auditeur cible, une proie, puis le délaissait pour s'attarder un instant sur un autre congressiste, sans règle précise. Cette méthode aléatoire les obligeait tous à se composer un air de façade, genre attentif. Une caméra espionne diffusait les traits du scruté dans un coin de chaque écran, suivant des angles différents, une estimation chiffrée du degré d'écoute, déterminée par un algorithme, s'affichait avec le nom, s'ajoutaient des pénalités éventuelles en cas de note insuffisante, pouvant aller jusqu'au départ du fauteuil. Les assistants des premiers rangs, rompus à l'exercice, connaissaient précisément les moments où ils se devaient de rire aux traits d'humour de l'orateur,

Vivre en 2014... OH putain !

ils savaient même, d'expérience, le temps acceptable pour que cette marque de connivence ne brise pas le rythme de la conférence. Il arrivait parfois qu'un auditeur plus distrait, plus impertinent ou plus lèche-cul que les autres, dans un moment d'absence, de folie, d'obséquiosité, s'esclaffe sept secondes, trois de plus qu'implicitement autorisé... son fauteuil auto-guidé l'évacuait immédiatement de la salle... il disparaissait des registres, son corps n'était jamais retrouvé, normal il n'avait jamais existé. Le fauteuil, lui, reprenait sa place au bout d'une vingtaine de minutes, alors qu'un bruit de broyeur accompagnait le retour du siège vide. La nomination du successeur prenait effet immédiatement, ses collègues découvriraient son visage à l'occasion de la convocation suivante. A la suite de cet incident, un compte à rebours chronométré figura en bas des écrans pour éviter tout dépassement...

H2 concentra son attention lors de la présentation de l'intervenant suivant, le sujet en était : « Nouvelles armes mises au point pour vaincre l'État Islamo-Catholique ». La guerre entre les deux états avait éclaté peu de temps après l'alliance entre les églises apostoliques Assyrienne d'orient, les églises catholiques apostoliques Romaines et le monde musulman réunifié des sunnites hanafistes, hanbalistes, malikistes chaféistes, des chiites ismaélistes, alaouistes, alévistes, duodécimanistes, zaïdistes, kaysanistes, des kharidjistes ibadistes, azraquistes, sufrites, nekkarites, haruriyyaistes, rejoints par les coranistes, les mutazilistes, murijistes les mutazilistes asharistes, les ahmadistes, les membres de nation-of-islam, pour former l'Etat-Isalamo-Catholique. EIC qui fut créé en réaction à la fusion des deux religions compatibles entre elles, la religion judaïques et la version protestante du christianisme, qui elles ont formé le camp adverse : l'United States of World, l'USW. Le départ du Pape Muhammad 1er, suivi de la hiérarchie catholique, qui quittèrent le Vatican pour s'installer à Masjid al-Nabawi en Arabie Saoudite où il furent rejoints quelques mois plus tard par le Catholicos-Patriarche Mar Addai 5, précéda de peu l'ouverture des hostilités. D'un côté le monde « du nord » se revendiquant du progrès, du tout business, de l'ultra-libéralisme économique et de l'autoritarisme social, de l'autre un « monde du sud » se réclamant de la tradition, du retour aux sources, de la soumissions à la parole définie comme de provenance divine... Mondes qui s'affrontaient aussi pour le partage de l'eau, premier motif de conflits depuis ce milieu de siècle.... H2 suivit avec intérêt la description de ces armes nouvelles. Ces bombes ne détruisent que les individus, sans dommages pour les installations et le matériel. La première, la bombe OC, OC comme Ondes Cérébrales, modifie les ondes Alpha comprises entre 8,5 et 12 Hz, la cible se voit supprimer son état de conscience apaisée, les ondes Beta comprises entre 12 et 45Hz, elles, lui rendent impossible la concentration et poussent la victime à un état d'anxiété maximum, les ondes gamma vers 40 Hz interdisent le liage perceptif... l'ennemi ainsi traitée finit par s'auto-détruire, son cerveau ne commande plus ses fonctions biologiques vitales, il s'enfonce dans un coma irréversible, il n'y a pas d'autres conséquences environnementales, pas de dégâts matériels, le vainqueur récupère l'ensemble des infra-structures sans la moindre destruction. Dans le même esprit, la bombe AMO, bombe à Aspiration Magnétique Optimisée agit sur le fer contenu dans l'hémoglobine des hématies du sujet exposé, ce dernier voit ses globules rouges se concentrer par aimantation dans une même zone de son corps, stoppant le flux circulatoire, la victime sentait ses jambes se dérober sous elle, les muscles manquant d'oxygène, oxygène que le cerveau essayait de se réserver en vain, situation conduisant à la mort par absence d'oxygénation. La bombe CcaF, Coagulation Calcium anti-Feed-Back, augmentait elle la synthèse du calcium dans l'organisme, réprimait les contrôles de feed-back déclenchant des réactions en chaînes de coagulation qui voyaient le sujet périr d'AVC foudroyants et d'embolies généralisées. H2 réfléchit aux avantages de ces systèmes, les bâtiments, les installations restent opérationnels, tu peux même récupérer les

Vivre en 2014... OH putain !

bijoux, les effets du trépassé, même son sandwich s'il n'a pas mordu dedans, tu n'es plus emmerdé par le sang qui gicle et dégueulasse tout, alla-t-il jusqu'à penser dans un soupçon de mauvaise conscience... vite dominé... devraient mettre au point une bombe secondaire qui nettoie et repasse... tu pourrais même échanger les vêtements de l'ennemi, militairement traité, sur Bilberger-troc... Il faudrait aussi qu'ils trouvent une solution pour que le cadavre ne se décompose plus, spécialement dans ces contrés au climat chaud, une sorte de vitrification interne, pour éviter d'être incommodé par l'odeur insupportable de cadavre en putréfaction qui te pourrit les naseaux, t'imprègne l'olfactif pendant des heures lorsque, par curiosité, pour ne pas gâcher, tu vas t'accaparer du contenu des poches du défunt... Ben quoi ? ça ne lui servira plus.

La réunion se poursuivit, coupée d'une pause viennoiseries, cafés, lait de soja, jus de fruits frais pressés, thé, loukoums... servie à 10H précises. H2 commençait à s'ennuyer ferme à cette putain de réunion, auraient pu nous donner l'info par vidéo conférence, mais tiennent à nous humilier, bien nous faire sentir que nous sommes uniquement dédiés à leur service, ont besoin de nous sentir à leur bottes, sous leurs bottes pour pouvoir bander si ça se trouve... ça le gonflait tellement qu'il en oublia momentanément de scanner la gente féminine présente... d'y penser le fit sourire... pas une gonzesse dans le board... uniquement parmi les gouverneurs... sur quels critères avaient-elles été choisies... dans l'ensemble de belles femmes, toutes vers la cinquantaines... bien présentés, bien mises en valeur, de beaux restes... récompense pour services rendus au temps des chairs fermes, des seins arrogants ? Vers 13H un repas attendait les congressistes, buffet de crudités, tofu, graines grillées, fruits, plateaux de carottes à croquer, de radis blancs, légumes évocateurs qui intéressaient beaucoup la gente féminine, pour la blaireautie juste un support des plaisanteries grivoises aptes à détendre l'atmosphère, de la vanne godmichienne, de l'évocation pluggiste... Le vin, chose inhabituelle qui se trouvait en libre service, aidait à faire tomber les réserves, les congressistes habituellement toujours sur leurs gardes, pour s'éviter de connaître les dents recouvertes de nitrure de bore cubique des broyeurs, fendaient l'armure pour une fois, à mesure que leur taux d'alcoolémie progressait. H2 restait un peu à l'écart des groupes qui se lançaient des défis, chacun essayant d'être l'auteur de la plaisanterie la plus noire sur les nouvelles bombes et leurs effets sur les Islamo-catholiques, sa position dans la salle, au troisième rang, lui restait au travers de la gorge, lui qui se pensait définitivement abonné au premier rang. Putain merde la France au troisième rang, derrière les ploucs de la Hongrie... l'humiliation... faut dire que ce début de siècle avait vu élire du bas de plafond comme dirigeants, du mesquin, du qui suinte le médiocre, qui respire le dessous de bras.... il y a longtemps que le visionnaire, l'ambitieux, celui qui respire sur les cimes avait quitté l'horizon politique... conséquence de l'enconnement populaire... tu fais des cons étonne toi qu'ils votent comme des cons pour des cons. 16H reprise des conférences jusqu'à 20H.

H2 assista au banquet final, le menu bien que très surprenant, l'alléchait beaucoup.

```
         LE CHAMPAGNE accompagné de son amuse-bouche
                CHAMPAGNE with amuse-bouche
 LA SAINT-JACQUES la noix aux endives croquantes, galette de truffe noire
       SCALLOPS crunchy endives, black truffle galette
         LE CAVIAR Impérial de Sologne au risotto crémeux
            CAVIAR Imperial of Sologne in a creamy risotto
             LE HOMARD sauce coralline et pince en barbajuan
               LOBSTER coral vinaigrette and 'barbajuan'
      LE CHAPON Bressan farci et rôti à la broche avec des châtaignes
         CAPON from Bresse stuffed and spit-roasted with chestnuts
                             ou / or
           LE VEAU le médaillon fondant aux asperges vertes
             VEAL medallion with green asparagus fondant
              LES FROMAGES de saison, frais et affinés
                CHEESES seasonal, fresh and mature
      LES MILLE ET UNE NUITS aux poires confites et caramel truffé
       ONE THOUSAND AND ONE NIGHTS pear confit and truffled caramel
```

H2 se demanda d'où venait les chapons, le veau, les fromages... Il devait exister sur la planète une zone secrète qui possédait encore des animaux. Du board, rien ne semblait hors de leurs pouvoirs, du foie gras de ptérodactyle, du gigot de brontosaure, des quenelles de thescelosaure sauce nantua n'auraient pas plus surpris. Quelques convives s'interrogèrent du regard en voyant arriver les plats de viande, mais personne n'osa poser la moindre question... Peut être des cultures de cellules sur milieux spéciaux... Les caméras les filmaient toujours, tous craignaient de voir leurs fauteuils pris d'une soudaine envie de promenade.

Le plan de table avait informé H2 que ces voisins seraient Mme la Gouverneur du Portugal à sa droite et M. le gouverneur de Saint-Marin à sa gauche... il constata à sa position sur ce plan, que dans l'esprit du Board le déclin de l'état France était confirmé, il rétrogradait dans le groupe des états secondaires... Il se consola en relisant le menu... La gouverneur du Portugal, belle poitrine, fessier rebondi, mais trop brune à son goût, essaya d'engager la conversation en faisant l'effort d'essayer de maîtriser un français, lointain souvenir scolaire. H2 ne répondit qu'en grognant des oui ou des non peu audibles, ce qui n'incita pas sa voisine à poursuivre l'échange... Cette dernière fit une seconde tentative en anglais, pensant que son français ne permettait pas à H2 de bien la comprendre, elle donna le maximum pour le dérider, se fit séductrice, œil de biche, langue mouillant les lèvres, secouait la tête pour balancer ses cheveux, se pencha légèrement pour lui permettre le regard plongeant dans son décolleté, à la limite de minauder, cette fois-ci H2 ne fit même pas l'effort d'écouter, il se contenta de fixer son assiette, de tremper ses doigts dans la sauce des saint-jacques, de piquer de son ongle d'index les petits morceaux de truffe noire, avant de se les sucer méthodiquement... Vexée, la gouverneur du Portugal se retourna vers son voisin de droite, le gouverneur de Suède, beaucoup plus prolixe et galant, qui la dévorait des yeux en buvant ses paroles, poussant la connivence, après quelques échanges salaces, jusqu'à laisser sa main s'aventurer entre les cuisses accueillante de son interlocutrice, après quelques instants de découverte, ses doigt n'avaient rien à envier à ceux de H2, mais il ne se les lécha point. Une putain de chaudasse de salope la portugaise, grommela H2, non sans un certain culot, ne lui accordant pas les circonstances atténuantes des taquineries hormonales de la ménopause. Le gouverneur de Saint-Marin tenta aussi de communiquer, se tournant vers lui, il s'épancha sur sa conversion du catholicisme au judaïsme, de sa joie et des avantages de sa récente circoncision, circoncision qu'il proposa de lui faire admirer en privé, si H2 voulais s'ouvrir à la différence... sans éveiller la moindre réaction de ce dernier. H2, vexé d'être considéré comme le gouverneur d'un état devenu insignifiant, n'écouta plus que le bruit de ses mandibules.

Faisant suite au repas de clôture, une soirée gesticulations désordonnées sur des rythmes musicaux répétitifs fut proposée. H2 se laissa tenter un moment par ces festivités dansantes, voir ses collègues dandiner du popotin, gigoter de la mamelle, s'émoustiller les gonades, gesticuler comme des moulins à vents, se trémousser, trembloter du fessier... l'amusa un instant. Il s'y essaya même un court moment à l'exercice jusqu'à ce que son reflet dans une vitre lui fasse toucher du doigt le ridicule de sa prestation. Il quitta les lieux sans saluer personne, avant de regagner sa chambre, où sa commande féminine l'attendait, confortablement installée sur le water-bed.... en réalité, Evaée n'était qu'un robot de silicone thermostaté de troisième génération, dotée du logiciel drague et copulation active, capable d'initiatives gestuelles, elle pouvait tromper le premier queutard venu. Ce modèle très utilisé dans les sphères industrielles et politiques de rang 2, ne révélait pour l'usage attendu, que peu de différences avec une vraie femme, mais gagnait en discrétion. Suite à chaque utilisation, en concomitance avec la désinfection, le 'reset' de la mémoire faisait partie intégrante de la check-list, au même titre que la vidange des réceptacles, la mise à niveau des réservoirs de lubrification et des fluides d'expression de jouissance... Seuls les dignitaires du board pouvaient obtenir, sur demande, des femmes de chair et de sang sélectionnées génétiquement pour leur physique attrayant complété par une

Vivre en 2014... OH putain !

tendance à la nymphomanie, femmes qui finissaient dans le broyeur pour une totale confidentialité... La littérature expliquait cette paranoïa par le syndrome Trierweiler, personne n'était capable d'en dire plus, les psychanalystes et autres charlatans étant persona non grata, tous avaient pu comparer la dureté des diamants à celle du nitrure de bore cubique des dents des broyeurs. Aucun ne restant pour relater son expérience.

Chapitre 2

Le flash

Nachson aimait au petit matin, lorsque les premiers rayons du soleil leur fournissaient l'énergie nécessaire, observer le vol butineur des Drones-Pollinisateurs-Googsanto qui tournoyaient autour des fleurs géantes des plantes modifiées génétiquement pour faciliter le travail de fécondation de ces DPG. Les plantes autochtones n'avaient pas survécus à la disparition des insectes, hormis celles, comme les céréales, se pollinisant par le vent. Pour la chronologie, autour des années 2068 les derniers oiseaux disparaissaient, tous victimes des pesticides et insecticides d'I.G-Farben, suivie vers 2072 de l'extinction des derniers insectes... certains avaient eu le tort de s'en prendre aux cultures, d'autres de transmettre le West Nile à l'un des membres du board qui réagit violemment, les insectes ne sont plus là pour s'en plaindre... Précédemment, l'élection surprise en 2027 d'une présidente écologiste Mme PRV1, fut l'occasion, pour des groupes de pression et autres activistes verts, d'imposer le seul végétalisme comme obligation alimentaire, accompagnée parallèlement de l'interdiction du commerce et de la consommation de tout animal. N'ayant plus de justifications économiques, les élevages disparurent progressivement. Il y eu bien quelques poches de résistance, mais elles furent très vite anéanties. La dictature verte, comme toute formation à vocation totalitaire, n'admettait aucune opposition. N'ayant plus d'herbivores à se mettre sous la dents, les carnivores les suivirent pour prendre place dans la grande caravane des listes d'espèces disparues. Par bonheur, des robots très sophistiqués remplacèrent avantageusement tous ces animaux que l'on peut découvrir dans des documentaires du début du siècle. L'homme avait réussi, il régnait en maître, seul représentant du règne animal, il ne tolérait avec lui que deux cents plantes et arbres

Vivre en 2014... OH putain !

fruitiers, tous génétiquement modifiés, distribués exclusivement par Googsanto.inc, l'ensemble des autres espèces, jugées non rentables, voir nuisibles, avaient disparu. Nachson tourna le regard vers l'intérieur de la cité où l'on creusait le sol pour implanter un nouveau silo à PSUI. Les Personnes Sans Utilité Immédiates devaient se rendre dans ces silos d'hibernation contrôlée, tous construits sous terre, comme les habitations collectives et individuelles depuis les années 2070 pour répondre aux normes d'isolation et de résistances aux cataclysmes météorologistes de plus en plus fréquents. Les silos d'hibernations se composaient de cent rangées de deux cents tiroirs sur cent étages, tous connectés, permettant de connaître en temps réel, sur les écrans du centre de contrôle, les identités et les emplacements des PSUI mis en hibernation. Dans l'état France il y avait déjà dix silos en activité, tous associés a des broyeurs fournissant les protéines et les lipides nécessaires à l'alimentation des bactéries des fermenteurs. Les PSUI des silos pouvaient être éventuellement réactivés en cas de besoin. Ce fut le cas l'année des grands travaux en 2052, faisant suite à l'année des grandes tempêtes de 2051, lorsque le Bilberger-Great-Works rasa les Alpes, puis transporta les blocs de roches sur la côte pour renforcer le littoral atlantique qui reculait trop vite devant les attaques des tempêtes incessantes, tempêtes qui menaçaient de recouvrir les silos de Bordeaux. Le nombre de PSUI ne pouvant dépasser 40% de la population totale, les plus anciens partaient pour le grand voyage, pour laisser place aux nouveaux arrivants. La fable du grand voyage, mythe fabriqué par des journalistes se piquant d'utopie, qui fantasmaient la colonisations d'autres planètes du système galactique par les terriens... sans se soucier du temps nécessaire au voyage, pour parcourir des centaines voir des milliers d'années lumière, pour atteindre une planète de substitution, du coût d'une telle expédition, des quantités de vivres à emporter, qui devrait être sauvé ? Si tous les habitants de la planète devaient bénéficier du voyage, où trouvera-t-on les ressources pour la construction des vecteurs, le carburant, les vivres pour la durée du voyage.... Cette évocation du grand voyage évitait juste de se poser trop de questions, le coup du prestidigitateur qui attire d'une main l'attention pendant que l'autre trucide les déclarés inutiles. Il était recommandé d'admettre que ces PSUI étaient expédiés pour coloniser des exoplanètes, leur disparition trouvait une explication rationnelle. Explication qui ne résiste pas longtemps à l'analyse. Par manque de rentabilité, l'industrie spatiale ayant été abandonnée en 2044 et absorbée par le congloméra militaro-industriel Bilberger-War-System. Comment croire à un voyage dans l'espace de plusieurs décennies, voir de plusieurs siècles, devaient être morts de rire les exoplanètiens en voyant arriver des humains décalcifiés par l'état d'apesanteur prolongé, les muscles atrophiés, et surtout décédés depuis des lustres... qui peut croire à de telles fables, sans même aborder l'aspect financier de la chose... Cette méthode de stockage des PSUI avait l'avantage d'avoir réglé le problème de chômage, la courbe en était définitivement inversée. Nachson, grâces à ses fonctions d'architecte dans l'habitat à énergie positive, avait la chance d'habiter dans une maison individuelle ancienne, une de celles qu'il avait conçue en début de carrière quelques années après les grandes tempêtes dans les années 2060, des Cuboriads dit à autonomie totale. Cube de vingt mètres de côté, enterré, couvert par une verrière puits de jour, style Riad, la partie habitable, à 5 mètres sous la surface du sol comprenait au centre un potager comportant une petite partie verticale, jardin suffisant pour les besoins d'une famille de trois personnes. Installée contre le mur Nord, une cuisine de 4m de large sur 6 mètres de long, prolongée par un carré de 4m, un quart pour stocker les réserves, trois quarts consacrés au jardin des herbes, thym, persil, ciboulette, coriandre, ail oignons et un composteur... puis une pièce de réception de 8m sur 4, suivie d'un petit bureau de télétravail de 2m sur 4. Contre le mur Sud un alignement de 4 chambres de 4m sur 4 séparées de salles de bains toilettes de 2m sur 4. Le mur Ouest longeait une piscine de 12m sur 4m qui servait aussi de régulateur thermique. Le long du mur

Vivre en 2014... OH putain !

Est la serre des agrumes, symétrique à la piscine, avec deux orangers, un citronnier, deux mandarinier, un pomélo, au sol quelques pieds d'ananas, un bananier dans un bac pour éviter sa tendance à tout envahir et cinq kumquats. Le potager avec une pyramide centrale de cinq bacs de 2 m de côté, espacés de 60cm, pour les radis, salades, fraises, concombres, radis noirs et radis blancs... le reste du jardin réparti en quatre carrés de 5m sur 5, le premier réservé aux pommes de terre, le second pour les tomates, courgettes, aubergines, melons, le troisième ou alternaient fèves, pois, haricots verts et en grains, épinards, le quatrième à l'origine réservé à un poulailler pour valoriser les déchets de table en permettant d'avoir des œufs, ce carré perdit son utilité à partir de 2068 année de la disparition des derniers animaux. Sous la maison un réservoir d'eau de 3000 m3 pour récupérer l'eau de pluie filtrée, second régulateur thermique stockant aussi les calories que récupérait ou restituait une pompe à chaleur à échangeur eau/eau. Un second réservoir identique se partageait l'autre moitié du sous-sol de l'habitation avec un cube de méthanisation de 5m3 et un recycleur d'eaux usées. Ce réservoir à air comprimé à 20 bars « carburant » d'un alternateur animé par un moteur pneumatique Bilberger-Mannesmann fournissant le courant électrique. Le jour, les panneaux solaires, installés au dessus de la zone nuit de l'habitat, aidés, lorsque le vent était présent, par une éolienne horizontale, alimentaient le compresseur pour comprimer l'air.

Nous interrompons nos émissions pour un flash spécial.
L'oreillette implantée depuis sa naissance dans le crâne de Nachson vient de s'activer malgré lui pour l'obliger à prendre connaissance des dernières directives diffusées par le ministère de l'obéissance civile.

-Ce lundi 10 janvier 2084 à Ooterbeek, Pays-Bas, le Bilberger board, a constaté : que l'accroissement de la population mondiale ne permet plus de laisser chaque état de l'union disposer sans contrôle des ressources de notre planète, en conséquence le Bilberger board a pris les mesures

suivantes pour notre monde libre judéo-réformé :
1) *Les états unis de la terre, USW, passent sous le contrôle politique, économique et militaire des trente membres du comité de direction sous la présidence de Isaac Bénito Rockchildfeller.*
2) *Les populations doivent signer leur contrat d'allégeance au nouveau gouvernement, pour réactiver leurs droits sociaux sur leurs puces de géo-indentification.*
3) *Les chambres consultatives des représentants des populations des états sont dissoutes.*
4) *Les réservistes affectés à la construction des silos humains de stockage génétique sont réquisitionnés et doivent se présenter sans délais au centre de conditionnement qui leur a été affecté pour piloter le nouveau plan de construction.*
5) *Les dérogations permettant de vivre hors des pôles de concentration urbaines sont supprimées.*
6) *Les retraités PSAU, Personnes Sans Activité Utile, prendront le statut de PUSI au bout de 10 ans.*
7) *Le pourcentage de PSUI autorisé dans les silos passe de 40 à 60% de la population totale, les voyages de colonisation des exoplanètes seront accrus.*

Ces directives prendront effet à partir du lundi 3 avril 2084. Pendant la période de transition aucun rassemblement, aucune manifestation ne seront tolérés. Les dirigeants en place actuellement dans les différents états de l'union ont été convoqués ce lundi 10 janvier à 10H-GMT au palais des gouvernances à Leyde, nouvelle capitale of the Union States of World, l'USW, pour recevoir leurs feuilles de route. D'autre part des négociations sont en cours avec les représentants du monde islamocatholique pour une juste consommation des ressources naturelles, ainsi que pour virtualiser le conflit dans un but d'économies de moyens. Ceci termine notre flash d'information.
The God bless USW.
Tsoin Tsin Boum Boum Tsin Tsouin....
L'hymne planétaire du monde libre suivit immédiatement la voix de

Vivre en 2014... OH putain !

synthèse qui venait d'informer Nachson, le contrôleur cérébrale implanté le contraignit à chanter l'hymne,
Enfants de la terre,
Enfants des USW,
Que God nous vienne en aide pour vaincre nos ennemis,
Que leur sang impure coagule dans leurs veines,
Que notre paradis arrive enfin sur cette terre... **suivit du petit grésillement qui indique la fin de prise de contrôle de sa conscience, le silence s'installa à nouveau dans sa tête.**

Pierre Kevin, en discutions avec sa belle fille Agarraga, qui se préparait à passer son permis de droit à la procréation pour la seconde fois, se trouvait devant la porte de son studio IK132 au moment où lui était parvenue l'information. Pierre-Kévin habitait en centre ville, un studio individuel de 12 m2 qui se distribuait autour du puits de jour central dans une de ces tours en forme de pyramides inversées, creusées sous terre, comptant cinq cents studios chacune. Chaque studio comprenait un espace nuit, un écran couvrait toute la surface du mur extérieur, écran sur lequel un plan fixe d'un paysage bucolique se modifiait en fonction de l'heure et de la saison pour aider les locataires à garder leur rythme circadien, lorsqu'il ne servait pas à la diffusion des programmes vidéo de la Bilberger-Entertainment-Productions. Une cabine sanitaires, un canapé, un banc de marche pour se maintenir en forme et un coin télétravail complétait l'équipement. En surface des sentiers reliaient les différentes tours, des ICT à la demande des habitants circulaient au dessus des sentiers pour relier toutes les tours entre elles ainsi que les cuboriads de la périphérie. Pour PK, sa fonction de contrôleur à la programmation des drones de sécurité publique ne lui permettait pas de postuler à mieux. Deux types de logements pour les populations étaient autorisés, les studios comme celui de PK et les cuboriads construits les deux décennies précédentes pour quelques privilégiés dont faisait parti Nachson. PK commanda un ICT pour rendre visite à Nachson. L'Individual City Transport, sorte de télécabine guidée et mue par le système de répulsion des polarités magnétiques, seul moyen de transport autorisé. PK se posta devant la sortie de sa tour d'étages négatifs, les deux pieds sur le contrôleur de GéPIV qui valida sa demande, il était à jour, avait souscrit à toutes ses obligations et obtenu l'accord de son destinataire. Un drone le survola un instant, l'identifia et le salua, il faisait partie de la maison, puis l'engin de surveillance se positionna au dessus d'un piéton qui se figea immédiatement sur l'ordre vocal du drone, PK n'entendait pas l'échange entre l'homme et le drone, mais compris que l'homme n'était pas à jour, ou que son GéPIV ne fonctionnait plus, un éclair jaillit du drone, suivit d'un bras articulé qui harponna l'homme avant qu'il ne s'écroule à terre, puis le drone s'éleva avec sa proie, il se dirigea vers le broyeur du bloc 125, le plus proche en état de disponibilité. C'est à cet instant que l'ICT de PK arriva. Les ondes de l'appareil se connectèrent sur son GéPIV, une voix synthétique lui demanda sa destination, la validation fut quasi instantanée, PK embarqua et l'engin repris de la hauteur pour glisser sur son rail magnétique virtuel.

Arrivé à destination, PK poussa le sas d'entré du cuboriad de Nachson qui, averti de sa venue par l'ICT pour son acceptation avant d'initier la course, se tenait maintenant face à lui. PK regarda Nachson l'air inquiet, de l'indexe droit lui désigna sa tempe pour lui indiquer qu'il venait pour échanger leurs avis sur les dernières informations, sans pouvoir sortir la moindre phrase. Tous les deux semblaient plus que préoccupés, mais ne parvenaient pas imaginer clairement les conséquences de ce coup d'état des Bilberger. La dernière fois c'était pour rendre obligatoire le puçage de géo-identification de chaque humain à partir de l'âge de huit jours, après l'installation des bornes de citoyenneté. C'est vrai, tous, dans leur bande sentaient bien que la situation commençait à échapper aux marionnettes qui avaient été mises en place pour le semblant de démocratie dont s'accommodait la majorité. De plus en plus les restrictions programmées occasionnaient des bagarres devant les

Vivre en 2014... OH putain !

centre d'approvisionnements nutritifs. L'obligation de vivre dans les concentrations urbaines avait rendu impossible les combines de survie permises par les potagers individuels, les citoyens devaient se contenter de ce qui était distribué par le Bilberger-Food-Dispenser de chaque tour négative, ce qui pour ceux qui ne pouvait recharger leur GéPIV était insuffisant. Chee Abraham en avait fait le sujet de discussion lors de leur dernière « speed-réunion » sous le dolmen de la Pierre-Levée où ils avaient l'habitude de se réunir. Puis Nachson fut pris de légers tremblements avant de réagir, il essuya une goutte de salive qui lui perlait à la commissure des lèvres, essaya de maîtriser un rictus qui interrogea PK...
-Putain ces cons ont osés, maintenant ils agissent à visage découvert... ne prennent plus la peine de faire annoncer leurs décisions par l'homme de paille qu'ils avaient fait élire....qu'en penses-tu PK ?
-Je me doutais que tout ça allait finir par arriver... Tu sais mon père le disait, quand en 2020 le président S2, (le nom du président avait été remplacé par ce sigle en 2030 et tous ceux qui s'étaient avisés à prononcer son nom depuis, avaient mystérieusement disparus, les archives toutes modifiées... plus personne ne se souvenait maintenant d'autre chose que de S2) **a pris les premières mesures, le rapprochement et la soumission de la France aux Etats Unis d'Amérique, l'obligation de se convertir à la religion judéo-réformée, The God, qui fit suite à la réunion de la religion juive et des branches de la religion protestante, la suppression des écoles et leur remplacement par la formation numérique à domicile par Googlearn, formation individualisée en fonction des besoins de la Fédération.** Ne fabriquent plus que des couilles moles d'exploitables, ils appellent ça des citoyens.... sans compter sur cette putain de puce électronique qu'ils nous ont implantée dans la boite crânienne.
-Combien sont-ils déjà à se partager le gâteau ?
-J'avais lu sur Anarmédiat, le site d'opposition, avant qu'il ne disparaissent des écrans sous l'amicale pression des sbires du gouverneur, et du broyeur... que leur nombre était évalué à un peu

plus de cent vingt milles… pour neuf milliards d'humains.

-Tu comptes ceux des silos, des réellement vivants on ne sait pas, pour notre état, les dix silos connus contiennent chacun deux millions de PSUI, et le nombre de PSUI partis coloniser les exoplanètes reste inconnu, les voyageurs partent avec leurs identités et leurs histoires, ils disparaissent de notre planète sans laisser la moindre trace… Ils n'ont jamais existé.

-J'entends les broyeurs tourner jour et nuit. Déjà tout individu surpris sans puce de géo-indentification est considéré comme clandestin ou espion, il est arrêté et traité immédiatement par le drone d'intégrité territoriale, puis transporté par ce même drone dans le broyeur le plus proche.

-Économiquement, les puces et les drones ont permis de supprimer la police et la justice ainsi que le monde carcéral, plus de délinquants, ils sont immédiatement géolocalisés et traités… plus aucun récidiviste… Le traitement social par le broyeur reste d'une efficacité incomparable.

-Lundi dernier j'avais eu l'idée saugrenue de sortir, alors que ce n'était pas dans mes jours autorisés, le drone m'a interpellé dans les dix minutes qui suivirent.

-Tu peux t'y soustraire au maximum trente minutes, c'est l'intervalle de temps entre deux relevés de ta position.

-L'engin s'est adressé directement à mon oreillette implantée, m'enjoignant l'ordre de faire demi-tour, il m'a survolé jusqu'à ce que je rentre chez moi… il m'a même précisé, qu'à la même erreur de ma part, commise dans les soixante jours glissants, je serai considéré comme usurpateur d'identité et traité.

-T'as eu comme un goût de broyeur dans la bouche….

Tous deux sentir une vibration d'alerte émise par leur GéPIV… l'analyseur de conversation du cuboriad venait de comptabiliser trop de termes suspects, les prochaines conversations dans le cub seront transmises au pôle de contrôle de l'orthodoxie de pensée en vue d'analyse, la séance de confession du soir sera renforcée. Les deux

Vivre en 2014... OH putain !

hommes sortirent un instant dans le sas donnant accès à l'embarcadère de l'ICT, sur la buée de la vitre Nachson traça un «M» Ce code entre eux indiquait le besoin de tenir une réunion. « M » que PK effaça aussitôt en prenant soin de le transformer préalablement en tête de chat pour ne pas éveiller les soupçons, s'il persistait la moindre trace sur la vitre, la caméra thermique était capable de lire le signe par les gradients de température, le bout du doigt appuyant sur la vitre modifiant la température de la zone de contact. Ensuite il montra quatre doigts de la main gauche et quatre doigts de la main droite suivit de l'agitation du pouce. Ce code pour fixer au dix-sept du mois la prochaine réunion qu'ils auraient avec Chee Abraham. Pour éviter la routine qui éveille les soupçons, l'heure de la réunion variait suivant le quantième du mois, ils ajoutaient trois jusqu'au 19 du mois et retranchaient trois après le 21 pour pouvoir rentrer chez eux avant le couvre feu de 23 H. Les sorties en dehors des visites entre habitants n'étaient autorisées que du 15 au 30 de chaque mois. Lors de leur adolescence, pour faire société secrète, Nachs, PK, et Chee s'étaient aménagés, sous le dolmen de la Pierre Levée, en creusant dessous pendant des semaines, une petite grotte, qu'ils utilisaient maintenant comme salle de manigances, le mégalithe faisait obstacle aux ondes, leur permettant de parler sans risque d'écoute. Les réunions devaient durer moins d'une demie-heure, la centrale de suivit de leur GPS de géo-indentification lançant l'alerte si elle ne les localisait plus à deux reprises successives.

      Les deux hommes retournèrent dans le cuboriad de Nachson, depuis la disparition des animaux en 2068, le carré poulailler avait cédé la place à une pelouse agrémentée de chaises longues et de quelques pieds de cannabis, il se roulèrent un joint, fumèrent en parlant de sexe et de qualité des hallucinogènes pour donner le change. Depuis 2079 la consommation du cannabis était devenue obligatoire, les drones détectaient par analyse laser de l'haleine, la présence de delta-9-tétrahydrocannabinol, les contrevenants se

voyaient conduire dans la salle de mise à niveau du taux de THC, ils devaient fumer une cigarette en contenant 9mg avant de pouvoir repartir. Leur second pétard à la main, Nachs et PK s'installèrent sur les chaises longues pour réfléchir, leurs réflexions furent si intenses qu'ils s'endormirent, c'est l'arrivée de Syréna qui les ramena dans le monde des éveillés. Syréna pouvait rendre visite à Nachson sans demander d'autorisation, Nachs l'avait déclarée comme concubine officielle, à ce titre elle pouvait venir, pendant les heures autorisées, à sa discrétion.
-Désolée de vous avoir réveillé.
-Klub Syréna.
-Salut Syréna, Nachs m'amuse toujours à vouloir faire branché avec ses expressions de jeunes. Klub, putain tu n'as pas l'air con à ton âge de saluer par Klub.
-Que nous vaut le plaisir ?
-Je me sentais à l'étroit dans ma case studio de la tour 63, je me suis dit que de passer un moment dans le cuboriad en compagnie de Nachs me changerait de mes dialogues avec mon répondeur synthétique, Nachs est plus câlin ajouta-t-elle d'un sourire malicieux. Je n'avais pas le moral, je viens d'échouer une fois de plus à l'examen de procréation... je vais finir ménopausée avant de l'avoir obtenu, c'était ma quatrième tentative.
-Si je suis de trop les jeunes, je peux partir et regagner ma propre case de la tour IK132, je ne veux pas refréner vos parties de mélanges de guibolles, vos batailles labiales, vos explorations tactiles, vos musculations du périnée.
-Ne sois pas stupide PK, je ne savais pas que tu te trouvais là, au contraire reste, j'ai eu un blanc seing pour rester la nuit si Nachs m'y autorise, nous aurons tout notre temps pour nous turgescer les glands... nous ne sommes pas sur la voie publique, nous pouvons rester à trois, dans la sphère privée c'est toléré.
-Ok je reste un moment, j'ai pensé un instant que tu envisageais un plan cul à trois, mais si tu n'as pas le bon validé par le ministère de la

Vivre en 2014... OH putain !

galipette jouissive... Pourquoi tiens-tu à te reproduire, tu trouves que notre vie actuelle est suffisamment excitante pour y inviter des nouveaux qui n'ont rien demandé.
-C'est mon côté optimiste, j'ai toujours espoir que les choses s'arrangent.
-Je crains que tes espoirs ne soient déçus une fois encore, que tu invites dans une vie de merde tes descendants, laisse les nano-stimuleurs gérer tes œstrogènes et ta progestérone pour te bloquer l'ovulation, lance toi plutôt dans l'exploration du point de Gräfenberg, laisse Nachs te faire pleurer les glandes de Skene, demande lui de te câliner le fascia de Halbanb si la nature l'a suffisamment pourvu, de te déclencher des orages orgasmiques, ça te donnera meilleurs moral.
-Merci du conseil, vaste programme... je vais le suivre, promis... en attendant.
-Tu es sûr que tu ne veux pas que je vous laisse ? J'appelle un ICT.
-Ne sois pas stupide, tu vois bien que Syréna n'est pas prête.
-Les garçons, depuis combien de temps nous connaissons nous ?
-Je dirais une trentaine d'années.
-Depuis 2053, Syréna était en classe de CE1 si mes souvenirs sont bons, quand elle est venu dans notre district.
-Je peux donc affirmer que depuis trente et un ans, vous êtes tous les deux toujours aussi cons !
-Tu me déçois Syréna, je croyais avoir fait des progrès.
-En vérité cet examen de procréation me prend la tête... je finis par ne penser qu'a ce truc, je me pose toutes les questions possibles et à chaque fois ils m'en posent une qui me bloque. Il me faut attendre neuf mois pour le repasser....
-Ma belle fille Agarraga, elle, le repasse demain pour la deuxième fois... Où as tu échoué ?
-A la question sur les nombres de flagelles des spermatozoïdes de diatomée, de fucus, de psilotum, de polypodium et d'equisetum.
-Je dirais 1, 2, 6, 20, 18 dans l'ordre, mais je peux me tromper, c'est

de mémoire.

-Ma belle fille n'a pas su se souvenir que la progestérone produite par les cellules folliculaires (corona radiata) autour de l'ovocyte augmente également leur mobilité en faisant rentrer des ions Ca^{++} dans le cytoplasme des spermatozoïdes, en ouvrant un canal calcique appelé CatSper....

Syréna, comme PK habitait une tours pour PAUI, Population Active Utilisable Immédiatement. La suppression des magasins privés, concomitante avec les restrictions de circuler avaient pour conséquences que depuis 2080 les salaires avaient été supprimés, les banques également, seule la carte de géo-indentification servait, si elle était chargée, à retirer ses repas au Bilberger-Food-Dispenser de chaque tour, il y avait aussi une salle de réception qui se trouvait à la disposition de ceux qui avaient des invités, leur nombre maximum par personne était fixé à 4, avec deux dérogations par an, dans ce cas la limite passait à 8.. La GéPIV permettait aussi de commander les vêtements parmi la collection proposée sur le catalogue virtuel de Bilberger-Clothing-Factory où les chaussures de la Bilberger-Shoes-Factory. Chaque tour de cinq-cents studio disposait d'une Bilberger-laudramat pour la propreté du linge, les tours se répartissaient par dix sur une circonférence dont le centre possédait une unité médicale. Les soins étaient assurés par des nano-particules qui activaient les zones du cerveau capables de faire synthétiser la substance nécessaire pour traiter le problème de santé. L'étude des système immunitaires des chauves-souris et sa modélisation avaient permis d'immenses progrès, pratiquement toutes les affections pouvaient se soigner par la synthèse des molécules par l'organisme du malade lui même, afin de traiter l'affection, synthèse stimulée par ces nano-particules... La chirurgie avait aussi disparu, les nano-particules killer détruisaient l'organe ou la tumeur nécessitant une ablation, d'autres véhiculaient des cellules « souche » programmées pour réparer ou reconstituer un organe ou une partie défaillant. Les travaux sur le système immunitaire des chauves-souris et sa

Vivre en 2014... OH putain !

modélisation pour l'homme furent récompensés par le prix Nobel de médecine, le dernier avant la constitution des USW, avait été attribué à Niala Reiriop, prix qu'il avait refusé, pour ne pas avoir à se déguiser en smoking, une tenue ridicule de l'époque que seuls quelques manchots ou pingouins portaient sans rire... peut être l'origine de leur disparition.

PK pris congés de Nachs et de Syréna pour regagner son studio, il devait passer au bureau de Chee avant le couvre feu. Nachs et Syréna gagnèrent la salle de bain, firent couler un bain, jetèrent une pleine main de sels de bains relaxants. Nachs aida Syréna à se dévêtir, elle lui rendit la pareil, chaque retrait de vêtement étant précédé de caresses et de longs baisers... ils enjambèrent la baignoire l'un savonnant l'autre, insistant sur les endroits les plus érogènes, savantes caresses de leurs sens aux aguets, pas de tabous, chacun connaissant les envies secrètes de l'autre, puis leurs corps réunis s'emboîtaient et glissaient l'un sur l'autre pour disperser la mousse, Syréna se positionna à genoux devant Nachs, constata qu'elle lui faisait vraiment de l'effet, de sa bouche avide elle aspira....

Pk arriva au bureau de Chee, mais ce dernier venait de partir. Pk reprit un ICT et regagna son studio... Pendant ce temps, au loin, la nuit s'emplissait des gémissements de plaisir de Syréna qui accompagnaient ceux de Nachs.

Chapitre 3

La vie au jour le jour

Dans son studio IK32087 au trente deuxième sous-sol, Keneph, assis devant sa table de télétravail s'activait sur ses télécommandes, grâce à la cinématique en temps réel AES-75 Bilberger RKT-Topcon, il pilotait un tracteur dans la Beauce pour épandre l'azote nécessaire à la montaison du blé. La caméra de l'engin le renseignait sur l'avancée des travaux, cent vingt hectares venaient de lui être affectés pour la journée, mais la parcelle en comptait plus de trois cents, un GPS l'aidait à guider l'épandeur d'engrais liquide pour éviter les doubles doses ou les zones oubliées, un anémomètre sur le tracteur calculait la vitesse du vent, sa direction et compte tenu de la pression des jets d'azote sous forme solubilisée, en déduisait la déviation pour corriger les trajectoires, tout était calculé pour une rentabilisation maximum des moyens. Sur l'écran contigu il supervisait les labours et les semis de maïs dans un champ de six-cents hectares situé au sud de la Loire. Le tracteur quatre roues motrices, chaussé de doubles roues arrière, équipé de charrues semi-portées 12 corps HR10H, suivi d'un tracteur identique poussant une herse alternative Bilberger-Agri-Kuhn HA 6000 et tractant un semoir rapide Bilberger-Sky agriculture Maxi Drill TRW. Le second tracteur recevant les ordres du premier avec un léger décalage permettant de les piloter d'un seul poste. 10H, l'heure de la deuxième prière, Keneph mis ces deux postes de commande en automatique, déroula le tapis de prière accroché à la cloison, une représentation des restes du mur du deuxième Temple d'Esdras y figuraient, il retira ses crocs pour se laver les pieds, puis face au tapis, debout, à quelques centimètres de la cloison, se balançant

Vivre en 2014... OH putain !

d'avant en arrière il récita sa prière du matin :
The God toi qui nous prête vie
Toi qui nous préserve de nos ennemis
Toi qui veille sur nous par la grâce de Bilberger
Toi qui nous donne tout ce dont nous pouvions rêver
Permets nous de rester tes humbles serviteurs, tes esclaves
Permets nous de t'offrir notre vie si tel est ton désir
Bilberger est grand
Bilberger nous aime
Amen.
avant d'aller sur le siège de sa première cyber-confession du jour. Les question apparurent à l'écran dès la bague du détecteur de mensonges enfilée sur le pouce :
-As-tu eu des mauvaises pensée contre Bilberger ?
-As-tu bâclé ton travail depuis ta dernière confession ?
-As-tu entendu des collègues, des amis, des gens que tu aurais pu croiser dénigrer Bilberger ?
-Peux-tu nous citer leurs noms ?
-Penses-tu que tu puisses être plus heureux sans la sollicitude de
Bilberger à ton égard ?
Le détecteur ne broncha pas, il avait pris la précaution de placer, quelques instants auparavant, sa main dans une poche de glace, il pouvait retourner au guidage des tracteurs, concomitamment le compteur de sa GéPIV s'enrichit des droits pour obtenir les plateaux repas du jour. A midi il descendit au Bilberger-Food-Dispenser pour retirer son déjeuner, terrine de courgettes aux amandes, quinoa aux champignons à la crème de soja, salade verte aux noix, petits flans chocolat noisette à l'agar agar, le tout arrosé d'eau aromatisée au basilic. Retournant à son poste de travail, l'écran lui indiqua qu'il bénéficiait de 30 minutes de connexions pour communiquer avec son épouse, Lillith, qui elle se trouvait tour IS 27 où elle supervisait la fabrication des robots affectés aux BTP. Le couple échangea des banalités, se sachant épié, de chastes mots d'amour et de tendresse

avant la fin du temps imparti. Kenneph repris son travail avec un peu de regret et un goût de trop court dans la bouche, quand il lu dans la bande défilante au bas de son écran qu'il était autorisé à venir passer une journée et une nuit avec sa femme Lillith dans le studio des rencontres. Les habitants des studio, contrairement à ceux des cuboriads, ne pouvaient copuler chez eux. Ils devaient pour ce faire se rendre sur autorisation au Bilberger-Fucking-House où était vérifié la validité de leur éventuel permis de procréation, dans le cas contraire la vérification de l'absence de grossesse en cours et du blocage hormonal de l'ovulation pour la femme, pour les hommes non autorisés au faire traverser un ovule par leurs gamètes, l'ultrasonneur de testicules coupait les flagelles des spermatozoïdes en attente de sortie éjaculatoire. Pouvoir passer la nuit avec Lillith le mit en joie, il fit accélérer ses tracteurs, se concentra sur ses objectifs, son but, s'approcher du record de surfaces traitées dans une seule journée. D'humeur joyeuse il se mit à siffler un vieil air qu'il avait entendu chez son grand-père et qui lui restait en mémoire... Jumping Jack Flash... sur l'écran le temps semblait ensoleillé dans la Beauce, à peine couvert au dessus des semis de maïs, la pluie prévue pour le lendemain dans cette région l'enchanta, la germination sera plus rapide. A 16h, nouvelles ablutions, nouveau mime du culbuto devant le tapis du mur, nouvelle prière, nouvelle confession validée, puis labours et épandage jusqu'à 20h. Il prit une douche, insista sous les aisselles, pris beaucoup de soin pour l'hygiène de son sexe qu'il parfuma avec son dentifrice... un saut au Bilberger-Food-Dispenser où il ingurgita des boissons énergisantes suivit d'un verre cocktail à base de glucoronamide, acide ascorbique et caféine... Kenneth voulais faire honneur à Lillith. Il commanda son ICT pour le studio des rencontres, il allait monter sur le pas d'attente et d'identification quand il se souvint qu'il n'avait pas fumé de cannabis de la journée, à la hâte il emplit sa vapoteuse de concentré de THC, en aspira de grandes bouffées... puis de plus en plus joyeux monta attendre son véhicule. Un drone le survola, le testa un instant, trouvant son taux

Vivre en 2014... OH putain !

de THC instable, fit demi-tour pour contrôler la mesure... stationna un moment au dessus de lui puis s'éloigna peu de temps avant l'arrivée de l'ICT.

Lillith arrivée 2h avant Kenneth, l'attendait dans le studio de rencontres du Bilberger-Fucking-House, à son arrivée, elle avait eu droit à un bain de mousse relaxante, une séance coiffure et manucure suivit de massages aphrodisiaques offerte par le Bilberger-Loveliness-Institut, une boisson à base de racine de gingembre, de racine de ginseng, d'écorce de cannelle, de stigmates de safran, et de gousse de vanille le tout macérés dans du rhum. Lillith avait passé avec succès son permis de procréation, ce qui lui valait ces attentions du Bilberger. Kenneth sifflota pendant toute la durée du transport, il admirait ces trous de lumières formés par les tours d'étages négatifs dans l'océan de bleu des panneaux solaires qui les entouraient, il avait l'impression de vivre à l'intérieur d'une œuvre d'art. Kenneth bénéficiait d'un droit temporaire à la reproduction, comme tous les hommes qui avaient fait preuve de fidélité au pouvoir et dont les rendements, dans leur domaine d'activité, se situaient au soixante dixième percentile. En arrivant au studio Kenneth dû passer par le sas douche, shampoing, manucure, massage prostatique, vaporisation de phéromones, avant de pouvoir rejoindre Lillith. Lorsqu'il ouvrit la porte du studio, celui-ci se trouvait baigné d'une douce lumière dans les tons rouges, Lillith en déshabillé se tenait assise sur ses talons, au milieu d'un lit circulaire, une musique douce et langoureuse enveloppait la totalité de la pièce. Kenneth en peignoir de satin s'approcha lentement, la dévorant des yeux, il regardait Lillith avec un désir intense, qu'elle percevait comme une caresse de son âme, son visage se détendait, un sourire sculptait ses lèvres, Kenneth la rejoint sur le lit, se plaça derrière elle pour l'enserrer de ses bras en lui murmurant des mots tendres, des mots qui épanouissent, des mots qui rendent belle, des mots bleus qui rendent heureux, la complimentant sur ses courbes et exprimant toute l'envie qu'elles lui inspirait. Lillith les yeux mi-clos s'offrait d'avance à ses réserves de caresses, à son trop plein d'amour. Passant une main dans son dos, Lillith commença doucement à lui caresser le sexe, lui frottant délicatement le bout du gland, puis allant et venant le long du pénis juste en l'effleurant, sa main sentait le plaisir que Kenneth y prenait, constatant l'afflux de sang que ses caresses attiraient dans sa verge. Lillith se retourna, continua de lui caresser le membre de ses cheveux, le pris entre ses seins, puis entre ses pieds avant de l'aspirer en bouche. La langue se faisait douce et chaude sur le gland violacé, ses lèvres le suçaient, puis de nouveau la langue pendant que ses mains caressaient ses bourses, son indexe lui pénétra la zone génératrice d'orgasme prostatique. Kenneth, lui, effleurait le dos de Lillith, puis appuyait ses caresses du cou à la naissance des fesses, pour juste le survoler le geste suivant, puis redescendait en laissant ses ongles soulager de petites démangeaisons, remontait à nouveau en effleurant à peine, provoquant de petits frissons, il lui lécha le lobe de l'oreille puis plaqua son corps contre le sien, ils s'échangeaient leur chaleur, puis Kenneth l'embrassa de la racine des cheveux à l'extrémité de l'ongle de l'hallux, sa bouche s'apprêtait à s'aventurer entre les cuisses ouvertes de Lillith pour s'abreuver à la rivière du plaisir.... Les caméras de contrôle du Bilberger-Fucking-House cessèrent, ils avaient gagné le droit à l'intimité.

Lorsqu'ils sortirent le lendemain, Lillith fut contrôlée ovule fécondé, elle du passer par le sas de don d'ovule, la grossesse serait prise en charge par la géniteuse numérique, lui évitant l'inconfort de la gestation, puis elle regagna son poste de travail.

Vivre en 2014... OH putain !

Chapitre 4

Le job de Chee

Chee exerçait son rôle d'intendant du big boss dans la salle de contrôle gérant l'île Santiago, chaque matin à 7h un ICT spécial venait le prendre pour le conduire au poste de commande de la salle des résidences de Isaac Bénito Rockchildfeller. Chee avait la charge de son lieu de villégiature favori, situé sur Santiago, la plus grande île du Cap Vert, une île volcanique sise entre l'île Maio et l'île Fogo. Ces trois îles avaient été réquisitionnées pour abriter les résidences des membres du board après avoir étés vidées des trois cent mille autochtones qui en constituaient la population, le prétexte était qu'ils avaient participé à la propagation du virus VIH-2 dans le milieu des années 1980... Pour mémoire, rétrovirus isolé en 1985 chez une prostituée Sénégalaise par le service du Dr Souleymane Mboup, femme qui présentait des signes cliniques du syndrome d'immunodéficience acquise tout en étant séro-négative au VIH-1. Virus disparus depuis des années, conséquence de l'extinction des singes, principal réservoir de la souche primitive, de l'arrêt de la fabrication, pour l'Afrique, des vaccins anti-polio utilisant les reins de singes comme milieu de culture qui eux contribuaient à la propagation, disparition favorisée comme pour beaucoup d'autres virus comme la grippe ou ébola par l'extinction des chauves-souris, des oiseaux, qui leur servaient de réservoir, éradication confortée par le passage au broyeur de tous les séro-positifs. Praia la capitale de Santiago, devenue Bilberger City hébergeait les principaux membres du board dont le vice président Abraham Schwartz-Hamrosenberger qui en représentait l'aile humaniste. Isaac Bénito Rockchildfeller avait opté pour Tarrafal, devenue Godcity, pour faire bâtir sa résidence sur l'emplacement de la ville qu'il avait faite rasée, son palais, dominait la plage de sable fin, abrité dans l'anse au nord ouest de l'île. A gauche de la plage, en regardant l'océan, un port où s'encraient son Mega-Yatch trois ponts Indian-Empress-3, un petit voilier Jeanneau-64 avec un ancien Lurssen-Beauty-be-Mine et un Couach-195-Fly, qui lui venaient de son père. Sur l'arrière du port, enterré à l'abri des regards, pour ne pas heurter l'esthétique du lieu, le silo de stockage où étaient remisés les skippers, entre deux sorties en mer. Sous la résidence, creusée dans le sol volcanique, d'immenses salles, dans la première s'entassaient les réserves d'or de la planète qu'il s'était accaparées ainsi que les œuvres d'art entreposées dans les salles suivantes, œuvres qu'Isaac Bénito Rockchildfeller faisait visiter avec fierté à quelques rares invités membres du directoire. Entourant son palais, des champs de maïs, de canne à sucre, des bananeraies, des manguiers, des caféiers abrités sous de grands arbres de la forêt primaire, les seuls au monde qui subsistaient sur encore cette île. Le job de Chee consistait à gérer tous les robots, le matériels agricoles nécessaires à la bonne progression des différentes cultures, ainsi que l'approvisionnement du palais, plus la gestion des différents robots d'entretien et de service, lorsque Isaac Bénito Rockchildfeller honorait les lieux de sa présence. Un système vidéo en temps réel lui permettait d'apprécier la bonne exécutions de ses directives, les caméras lui restituaient en détail la situation de chaque endroit de l'île, palais compris, un système de brouillage électronique supprimait l'image d'Isaac Bénito Rockchildfeller ainsi que celle de sa famille proche. Personne n'avait jamais vu, en dehors des membres de la direction de Bilberger, le visage de Isaac Bénito Rockchildfeller, une ultime mesure de sécurité.

Les routes et autoroutes n'ayant plus d'utilité, la nature s'en était accaparée, Chee devait aussi gérer les déplacements d'Isaac Bénito Rockchildfeller, déplacements à bord d'une voiture volante issue d'une coopération entre la Bilberger-Aéromobile et la Bilberger-Koenigsegg, véhicule 10 places qui lui permettait ses

Vivre en 2014... OH putain !

déplacements privés, tout en satisfaisant son goût immodéré pour le sport mécanique, comme le prouvait sa collections de voitures anciennes, qu'il pilotait lui même sur un circuit contigu à son palais de l'île de Santiago. Son garage abritait une Bugatti Veyron Super Sport Vitesse WRC, un cabriolet Bugatti Veyron Grand Sport, une Koenigsegg CCXR Edition, une Pagani Huayra, une Maybach Landaulet pour promener sa famille, une Aston Martine One-77, une Koenigsegg Agera-R, une Zento ST1, une Hennessey Venom GT, une GTA Spano, une Maybach 62S, une Leblanc Mirabeau, une Rolls-Royce Phantom Extented, une Rolls-Royce Phantom Drophead Coupé, une SSC Ultimate Aero, deux Ferrari FXX K, une Lamborghini Veneno Roadster, une Lykan Hypersort, une Pagani Zonda Cinque Roadster, et une Lamborghini Reventon Roadster qui complétait la collection. L'entretien des ces merveilles mécaniques était confié aux robots mécaniciens de dernière génération, Chee avait fait effectuer un scanner de chaque véhicule complété par un scanner de chaque pièce le composant, jusqu'au plus petit boulon, la plus petite rondelle, accompagnée de sa composition chimique exacte, le tout enregistré dans la base de données de l'ordinateur, ce qui permettait aux robots métallurgistes, carrossiers, celliers, électriciens et autres de réparer avec des pièces, double parfait des originales. L'imprimante 3D connectée aux ordinateurs pourvoyait à la fabrication. L'autre avantage, en cas de panne un scanner comparatif associé à une étude des mesures électroniques de chaque composant, de chaque circuit, permettait un diagnostic précis et rapide, Isaac Bénito Rockchildfeller ne supportant pas l'idée qu'une de ses automobiles resta immobile contre sa volonté.

Roman Instinctiviste

Chapitre 5

La radio d'état

David Asextasse, journaliste à la radio d'état, radio ne diffusant que de la musique, des chroniques littéraires, des émissions pour la promotion des œuvres filmées et les communiqués officiels, en plus de la responsabilité du choix des divers invités, avait la charge de la playlist. Chaque jour il recevait par le Bilberger-intranet les fichiers des nouveautés musicales, voie par laquelle les auditeurs créateurs pouvaient envoyer leurs morceaux, pour les faire connaître au public, juste bénéficier d'un moment ponctuel de célébrité, les droits d'auteurs n'ayant pas survécu à la disparition des banques et de la monnaie pour la vie courante, seule celle liée au commerce international avait subsisté, la Bilberger-Business-Bank, la BBB. Devant l'afflux des propositions du public, les ordinaires, les vulgaires, les non-élus, un système de quotas avait été instauré à la suite de cette trop forte invasion d'œuvres de citoyens qui utilisaient les possibilités du logiciel Magix Music Maker pour créer leurs chansons, chansons qui mettaient en perspective la médiocrité de la production officielle. Depuis la nouvelle loi, David devait diffuser 90% de chansons créées par Bilberger-songs-system. Parmi les plus diffusées, les enregistrements de Isaac Filsdeuxgui gendre d'un membre du comité de direction dont la médiocrité musicale le disputait au ridicule de l'interprétation mais qui avait le pouvoir d'exciter les glandes de skene de ses auditrices pré-pubères, clown grotesque qui se piquait de politique et d'humanisme réservé à ceux de son clan, qui avait pris le pseudonyme de Burel n'assumant pas ses origines, de Rachel Goldwoman fille du ministre de la pensée juste, son seul argument musical consistait en une poitrine de fort

Vivre en 2014... OH putain !

volume, peu couverte, difficile à mettre en avant à la radio mais qui faisait la différence sur les chaînes du Bilberger-Entertainment-Production où ses tétons pointaient le bout de leur nez, de Jacob Doberman fils du responsable de l'attribution des cuboriads, jeune histrion se piquant de poésie qui utilisait des rimes riches, comme crapette et mobylette, escalope et pleurote, crayons et marsupion pour cette dernière une licence poétique conséquence d'une page arrachée du dictionnaire de rimes, d'Israel Hupperberg petit fils du ministre de la gestion des PSUI, inventeur de la chanson sans parole accompagnée d'une musique atonale d'une seule note répétée pendant trente-huit minutes sur un rythme aléatoire, ce qui pour les dissonances constituait un exploit, de Sarah Bronstein fille du conseiller en communication, peut être la plus belle voix de la liste... à l'unique condition nécessaire et suffisante d'oublier d'appuyer sur le bouton 'ON' du diffuseur Bilberger-Radio-Système pendant l'exécution de sa rengaine, de Bérouria Godlight nièce du président qui misait beaucoup sur la variété de ses strings fluorescents pour faire la différence, le genre à présenter son cul plus souvent que son visage et qui se loua de l'invention de la 3D, de Chéana la chanteuse révoltée fille de Isaac Bénito Rockchildfeller, beaucoup d'auteurs compositeurs dans son entourage pour lui composer du sur-mesure et profiter des son tempérament généreux, chanteuse qui se donne à fond témoignaient les musiciens quittant sa couche, peu de voix, chansons sans le moindre intérêt, mais que chacun plébiscitait pour recharger son compte de droits sociaux, Chilguia Snowgod femme d'un membre du board, la seule à pouvoir interpréter des airs d'opéra, Dvorit Beeswarm maîtresse du ministre du culte, ministre qui en privé devait se consacrer au ministère exclusif de la belle tigresse, oubliant le « Te » de son domaine de compétences, dont le chant toujours en duo ou en groupe reprenait ses dernières improvisations de cris orgasmiques.

      Beaucoup de prénoms dans ces générations récentes avaient des consonances bibliques en références aux prénoms que

Roman Instinctiviste

choisissaient, pour leurs enfants, les premiers adeptes de l'église réformée au 16eme siècle, pour se différencier à l'époque, des fidèles de l'église catholique, qui eux affublaient leurs enfants de prénoms de Saints.

Les émissions littéraires mettaient en valeurs les romans et essais de Ben-Haïm L'accompanying, fervent défenseur des droits de l'homme blanc et riche, philosophe à chemise dépoitraillée qui avait entraîné le président dans la guerre contre l'EIC, de Adam Gluckshombre le Françoise Sagan de la philosophie, la référence pour la coiffure qu'il devait avoir adoptée durant son enfance, dont il ne s'était jamais départi depuis de nombreuses décennies, pas malheureusement pour le talent, et d'autres philosophes, ces lumières éclairant les pensées rabougries de la population non hiberné dans les silos, population qui de toutes façons, pensaient-ils, ne les méritait pas. Pour la partie œuvres qui bougent sur les écrans David Asextasse associé à Homère Clampin dans une émission de promotion recevait Claudius Longhomme dit George Charente qui filmait son nombril en 3D, Claude Hommefeuille qui fit de nombreux documentaires sur la traite négrière, Claude Lestrabiste spécialiste des films d'amour où il ne se passe rien sur des musiques dégoulinantes et bien d'autres, tous issus des mêmes milieux sociaux. Homère se plaignait parfois de la consanguinité des invités avec le pouvoir en place, des renvois d'ascenseurs entre privilégiés, des connivences d'origines.... David Asextasse le dénonça lors d'une de ses confessions, fit part de ses doutes sur sa sincérité religieuse. Homère Clampin, qui venait d'un milieu connu pour son athéisme, son prénom d'origine grec comme aimaient à prénommer leurs enfants les athées à la fin du dix-neuvième siècle, fut convoqué au tribunal de la pensée correcte qui le cuisina la journée entière, l'obligea à démontrer le postula de l'existence de Dieu en utilisant la mécanique quantique pour prouver que Dieu est partout à la fois, qu'il passe dans les fentes de Young sans se faire d'écorchures aux genoux grâce à sa propriété de dualité d'onde corpuscule, alors que

Vivre en 2014... OH putain !

ce même mec n'est pas foutu de se déclouer d'une croix de bois bricolée avec des morceaux d'olivier, de cyprès, de cèdre et de palmier... pour un zigoto qui aurait créer l'univers et ses faubourgs proches.... ce qui prouve que question supers pouvoirs le gus est largement à la ramasse vis à vis de Spiderman... Homère écopa d'une suspension à effet immédiat, fut libéré en fin de journée, alors qu'il attendait son ICT un drone le contrôla à sa sortie de tribunal, nota son taux de THC trop bas, il était interdit de fumer ou de vapoter pendant l'interrogatoire, cette deuxième faute dans la même journée lui valut l'arrivée d'un second drone qui le traita et transporta sa dépouille au broyeur le plus proche. David Asextasse, satisfait, le fit remplacer par un cousin à lui, Jacob Endofball, il n'y a rien de mieux que la famille et le clan pour occuper les médias officiels.

Roman Instinctiviste

Chapitre 6

La cellule de guerre

Christ Dickonass dans son studio du bloc B27 studio 275 compulsait ses messages sur le réseau Bilberger-Speed-Fucking où il comptait plus de cinq cents contacts, presque tous féminins, il était très sollicité, le prestige de l'uniforme associé au pouvoir de donner la mort devait y contribuer. Ses E-mails déchiffrés, Christ passait son temps à des jeux de guerre, reconstitutions des conflits du début du siècle, à l'ancienne, avec des chars, des avions, des hélicoptères et autres forces terrestres... il avait la nostalgie de ces guerres ou le militaire risquait sa peau en réel sur le terrain, se prenait de vrais shoots d'adrénaline, avec autour de lui des copains solidaires, où chacun protégeait, couvrait l'autre, rattrapait ses erreurs éventuelles, risquait sa vie, vie unique qui ne se rechargeait pas. Copains qui se mettaient en danger pour ne pas te laisser entre les mains des enculés d'en face, des enculés qui n'avaient pas eu étude des droits de l'homme et conventions de Genève en cours d'histoire, pendant leur courte scolarité, des enculés pour qui c'était l'AÎd al-Adha tous les jours, qui avaient de fâcheuses tendances à se vautrer dans la bavure, voir de te faire perdre la faculté de choisir entre bonnet, casquette, stetson, panama ou béret après qu'ils eussent joué au barbier avec ta trogne suivant l'exemple de leur mentor qui décapita tout ce qui portait poil au menton ou duvet de lèvre chez les Banû Qurayza, des enculés qui te trucidaient avec des armes non homologuées conventions internationales, enculés qui pouvaient même te taquiner un peu avec des instruments peu propices à la relaxation, des enculés qui pouvaient pousser le vice à l'extrême, en t'infligeant nuit et jour, à plein volume, des chansons interdites

Vivre en 2014... OH putain !

depuis longtemps par the Humans Rights, du Carla Bruni, du Johnny Halliday, voir les infâmes, les sadiques, les pervers, du Céline Dion, parfois, les plus primitifs d'entre eux, les plus nostalgiques du bon temps de l'inquisition, là tu vois la cruauté poussée à l'extrême de l'engeance, tu abandonnes le plus retors de l'humanité pour sombrer dans la bestialité la plus sombre, ces sauvages t'enfonçaient dans les oreilles à t'en faire exploser les tympans, du Mireille Mathieu... Oui, tu ne rêves pas, ils ont osé ce que les hyènes percevaient comme abominable, les tyrannosaures Rex trouvaient le procédé dégueulasse, même les geôliers de Guantanamo baissaient les yeux devant eux... Quand une fenêtre sur l'écran s'ouvrit, le visage féminin, du dernier contact accepté la seconde d'avant, apparu.
-Salut je suis Rachida Morona, comment vas-tu ?
Christ interloqué par cette entrée en matière cavalière, fut un moment décontenancé... Une nouvelle demande de contact, pas plutôt acceptée, elle m'attaque immédiatement, me prend pour un naïf, veut me piéger ou me baiser la gueule dans une combine louche... quand même pas un agent Katlam, n'aurait pas pu contourner nos dispositifs de protection informatique. Christ observa l'image de Rachida qu'il mit plein écran. Elle était jeune, vingt cinq ans à vue de nez, brune, cheveux longs légèrement ondulés, des yeux d'un noir brillant, dents plus blanches que nécessaire, un débardeur laissant entrevoir la naissance de sa poitrine qu'elle avait généreuse, les bras nus ni trop maigres, ni trop enveloppés, pas de tatouages... un bon point, pas de piercings apparents, autre bon point... Putain de belle femme s'écria-t-il intérieurement avant de répondre... ne s'avouant pas dupe, il venait de voir son propre reflet sur l'écran... des mecs comme moi il y en a des milliers... pourquoi m'a-t-elle choisi ?
-Bien et toi ?
Merde, je suis con de répondre ça, pour faire mec ordinaire, il n'y a pas mieux... Remarque son accroche n'était pas des plus originale

non plus.

-Que fais tu de beau ? Poursuivit-elle sur le même mode, avec cette d'absence totale de recherche.

-Je jouais à Irac-Syrian-War quand tu m'as contacté... répondit-il en se demandant comment il allait faire pour changer de registre, pour l'engager sur des chemins plus personnels, pour lui dire ce que lui inspirait son buste et son visage, ce qu'il imaginait du provisoirement invisible... Calme-toi, se dit-il à lui même, en constatant qu'il bandait déjà.

-Et dans la vie ? Poursuivit-elle son interrogatoire...

Christ réfléchit un instant, pouvait-il avouer qu'il était militaire... si elle avait lu sa page, elle devait le savoir de toutes les façons...

-Je suis dans la Bilberger-Sky-Army, j'ai la responsabilité d'un secteur sur l'Egypte...

-Génial, tu dois avoir des journées passionnantes pour nous protéger des actions des terroristes de l'EIC.

-Génial, je ne sais pas, mais je sers les USW, dit-il en se levant dans un garde-à-vous parfait, la main droite sur le cœur, la gauche effectuant un salut militaire tête nue, comme dans les vieux films américains de propagande.

-Comme je t'admire murmura Rachida les yeux suggestifs, s'humectant les lèvres du bout de la langue, lèvres qu'elle avait dessinées d'un rouge écarlate brillant.

-Et toi que fais-tu dans la vie, si je ne suis pas trop indiscret, s'autorisa-t-il timidement.

-Je suis hôtesse de désirs pour le Ministère des Frustrations et des Motivations, je fais des petits clips sensuels pour les hommes qui n'arrivent pas à gagner de nuits au Bilberger-Fucking-House, les loosers, pour qu'en regardant mes scenarii ils puissent décharger, dans leurs studios, leur trop plein de libido, pour revenir plus détendus, plus productifs devant leurs postes de travail, surtout ceux qui télé-travaillent chez eux.

-Pour toi n'est-ce pas trop frustrant de simuler à plein temps devant

Vivre en 2014... OH putain !

une caméra ? Tu vas finir par être en manque aussi, s'exciter en permanence sans en obtenir l'apaisante récompense.
-Si je fais bien mon job, j'ai droit, comme toi à des nuits aux BFH... et là je viens d'en obtenir deux...
-Tu sais avec qui les passer ? s'enhardit-il.
-Tu n'as pas une petite idée ? Minauda-t-elle, en suçant son indexe les yeux mi-clos.
-Tu m'as choisi sur la liste de ceux qui sont proches d'atteindre leurs objectifs j'imagine ? Questionna-t-il hypocritement pour l'obliger à avouer qu'elle avait flashé sur lui. Les mecs aiment bien que les filles les prennent pour l'homme de leur vie, le chevalier attendu chastement depuis des années, se sentent flattés, ne peuvent pas accepter que comme eux, pour s'apaiser le clitoris, se décontracter le vagin elles n'aient juste envie de tirer un coup avec le premier mec venu, s'il est propre du gland, ne dégage pas trop d'odeur, possède au moins cinq mots de vocabulaire et des ongles soignés... en conclusion un mâle à peu près potable. Quoi de plus con qu'un mec devant une femme qui est son type, ne pense plus avec ses boyaux de la têtes, se laisse prendre en otage par son injecteur à gamètes... surtout que pour un mec ordinaire, son type de femme c'est toutes celles qui sont susceptibles de céder à ses avances.
-Je dois dire que ton profil m'a séduite, si tu fais l'effort aujourd'hui pour obtenir tes 48h de BFH, j'ai la réservation pour une chambre, sinon je devrais trouver quelqu'un d'autre... ça gâcherait un peu ces deux jours que j'ai fantasmés en regardant ton profil.
-Quel type de chambre ? Interrogea-t-il, lui qui ne voulait surtout pas s'engager, je suis partant pour les chambres ludiques, pas pour celles de procréation... rien qu'à la pensée de la chambre de procréation... il avait débandé sur le champ, il eu le cauchemar des nuées de morveux lui piaillant dans les oreilles, lui étalant leur coulées nasales sur la manche de la chemise, les couches débordantes d'urine et de merde chiasseuse à changer, le truc répugnant à odeur putride qui te déclenche illico la gerbe et l'envie de tout jeter couches

comprises dans l'incinérateur, les nuits en pointillé orchestrées par les hurlements, les biberons, les chuintements, les couches, les pommades à cul rouge, les cris, l'odeur de vomi parfumée lait caillé, les larmes, les dents qui sortent. Putain je préfère me faire eunuquer, se dit-il terrorisé.
-Une chambre d'échanges ludiques, je n'ai pas tenté de passer mon permis de procréation, le rassura-t-elle en s'avançant, se penchant pour que l'image de contre-plongée sur la naissance de son sillon d'entre-seins le remotive.
-C'était juste pour savoir, mentit-il, en réactivant l'afflux de sang dans sa verge... Je dois te quitter pour aller au combat, mais je te jure de tout faire pour que l'on apprenne à mieux se connaître dès ce soir au BFH... Une chambre d'échanges ludiques... voilà une femme qui sait parler aux hommes, admira-t-il
-Je t'y attendrai dit-elle en se caressant doucement, du bout de son crayon, le dessus des seins à travers son décolleté.
Christ devinait même la contraction de ses mamelons qui tendaient le tissus de son débardeur.

    Comme tous les jours depuis treize mois, Christ Dickonass regagna son poste de combat plus motivé que jamais cette fois, Rachida lui excitait le claustrum, le putamen et même le cortex cingulaire antérieur, zones du cerveau activant sa libido. Arrivant au ministère dans son ICT, il croisa tous ses collègues militaires appelés comme lui au service obligatoire pour lutter contre l'ECI, collègues qu'il trouva moroses en comparaison de son envie d'en découdre avec les Katlams, surnom méprisant qu'il donnait à l'ennemi. La salle de combat comportait mille deux cents postes de guidage avec écrans et joysticks. Actuellement les force téléguidées de l'USW avançaient sur le territoire ennemi. Christ se trouvait au Caire, d'autres militaires des box voisins combattaient à Ryad, Alger, Tunis, Oran, Alexandrie... La défense de l'USW qui occupait la salle de l'étage juste au dessus semblait efficace, drones laser survolant en permanence les frontières de l'union, surveillance des satellites

Vivre en 2014... OH putain !

espions, brouillage de toutes les ondes venant de l'extérieur, mur magnétique infranchissable, barrières lasers, Automates Marins d'Interception. L'AMI est une torpille électrique s'auto-alimentant par énergie solaire munie d'une charge neutralisante pour tout Objet Navigant Non Identifié, ONNI. Christ lui, pilotait des drones survolant le Pont du 6-Octobre au Caire, suivait la Corniche du Nil, en profita pour détruire quelques bateaux amarrés le nez au quai, embarcations qui lui paraissaient suspectes, habitations flottantes serrées les unes contre les autres qu'il détruisit méthodiquement, d'abord dans l'ordre, les impaires puis les paires, survola la rue Ramses, Merel-Basha, décocha quelques tirs sur des suspects entre Merel-Basha et Wasim-Hassam, alla jeter un oeil au dessus de Ab-El-Gader-Hamza, poursuivit sur Kamal-El-Deen-Hussein, remonta Amrika-Al-Latinian, débusqua une cible qu'il traita dans Al-Shamas, explora Ozories, continua sur Ahmed-Ragheb, se rapprocha du Nil en survolant Al-Tolambal, s'en écarta un peu pour vérifier un mouvement sur Elehaad-Al-Mohamin, que dans le doute, il traita... puis fit demi tour, traversa le bras du Nil pour rejoindre Saiyaler-Roda où sa mission était d'empêcher tout mouvement sur cette partie du Nil ainsi que sur le large pont le traversant. Le score en bas de son écran indiquait 8734 cibles traitées depuis son recrutement et 15 depuis son arrivée ce matin, il tenait à exploser ses objectifs pour bénéficier d'une journée et deux nuits avec Rachida Morana. Rachida cette jeune femme qui l'avait repéré sur le Bilberger-Speed-Fucking, le réseau social interne, lui trottait dans la tête, à chaque tir victorieux il la voyait se délester d'un vêtement, comme dans un strip-poker, le joystick prolongeait son phallus, se sentait prêt à l'orgie de l'année, sale temps pour ces putains de Katlams. Les photos, postées par Rachida sur sa page de présentation, dévoilant ses avantages, pages qu'il avait consultées, presque apprises par cœur, dans l'ICT qui le transportait à la caserne, l'avaient sur-motivé, la vidéo 3d de présentation de ce qu'elle se proposait de lui faire découvrir avait fini par lui retirer les dernières interrogations lorsqu'il avait un doute sur l'aspect dangereux ou non d'un suspect... Chris voulait sa nuit, voulait transformer le virtuel en réel, il voulait Rachida, il explosait tout ce qui bougeait du berceau au tapis volant, de la barboteuse à la djellaba, de la couche magnétique à la burqa, son chiffre s'incrémentait en bas d'écran, il prenait de l'avance sur ses objectifs, les barres de scores étaient dans le vert, il était déjà gratifié de deux étoiles, encore une et Rachida profiterai avec lui de son ordre de « permission accompagnée » dans la chambre du Bilberger-Fucking-House, il allait te les décrocher ces deux putains de nuits... soudain son écran bipa sur une ombre qui se déplaçait, Christ positionna son drone, la chaleur fut confirmée par la caméra infra-rouge, Oh putain je vais te l'exploser le Katlam de mes deux, te le disperser, le vaporiser, il tira, l'ombre s'éclaira avec l'explosion, des morceaux de chair, du sang, des bouts d'étoffe, des babouches, des lunettes, des oreilles partirent dans toutes les directions pour finir par s'écraser contre un mur, un balcon, un toit... putain la forme, tellement motivé qu'il a même appuyé sur le bouton de tir pour un chat en terre cuite chauffé par le soleil, chat fictif qui avait été trouvé positif par la caméra infra-rouge, l'ordinateur du drone a bloqué l'ordre, pas répertorié dans l'attribution des points de combat. Christ ne doit pas gaspiller les munitions.... Le décompte de points avantage les tirs sur les moins de cinquante ans qui donnent deux points, les enfants de moins de dix ans un demi-point seulement et les vieillards un point, trois points pour les femmes enceintes, tirs validés par l'analyseur laser biochimique du drone qui contrôle les taux d'hormones gonadotrophine chorionique du sang qui gicle de l'orifice béant créé par le projectile à tête explosive ou dans les urines qui se répandent après le relâchement des sphincters, que provoquent la peur de voir arriver sur elle le drone, signe que sa vie va se terminer, ou la mort qui arrête tous contrôles musculaires. Vivement que nos drones soient équipés des nouvelles bombes, là les objectifs je vais te les exploser, des nuits avec Rachida je vais en claquer comme des parties gratuites sur les vieux flippers du musée, elle aura le bas ventre qui va monter en température Rachida... Rachida... Rachida.

    Soudain nouvelle alerte, qu'est-ce que c'est que ce truc ? L'ordinateur fouilla dans la mémoire dédiée pour s'apercevoir qu'il s'agissait d'un School-bus, que cet engin, dans le temps, était destiné au transport des élèves... Christ resta interdit, où ont-ils trouvé ce machin préhistorique, c'est quoi cette fumée qui se dégage à l'arrière... Oh putain je n'aime pas ça, ces enculés veulent me piéger, attirer les drones à basse altitude pour exploser et en détruire un maximum, des transports d'enfants... me prennent pour un con les Katlams... Christ alluma sa vapoteuse à THC, tira de larges bouffées puis activa le drone lance missiles, se mit en position et appuya sur le bouton rouge de sa manette, le projectile fut lancé, Christ savait qu'il devait compenser la force de propulsion donnée par le départ du missile pour conserver la position du drone. Un millième de seconde plus tard la cible fut atteinte, le school-bus explosa, des têtes, des cahiers, des bras, des crayons, des jambes, des sandales, des yeux, des compas partirent dans toutes les directions, avec le rouge du sang frais, comme un feu d'artifice... 108 demis points annonça le validateur de tir... merde des gamins... ne les font même pas accompagner par un adulte... des barbares que je vous dis ces Katlams... heureusement il y en avait assez pour ma troisième étoile... YES! YES! YES! j'ai mes nuits avec Rachida.

    Vers 21h Christ se présenta devant l'entrée du Bilberger-Fucking-House, son GéPIV lui fit ouvrir la porte, tout était OK, THC au taux requis, points de Fun-Fucking complets, après un passage à l'ultra-sonneur de testicules pour couper les flagelles de ses spermatozoïdes qui de têtards se transforment en boules de bowling, prêt pour la série de strikes il fut conduit dans la Fun-Fucking-Room où l'attendait Rachida. Christ avait le cœur qui montait à 130 pulsations, allait-il être à la hauteur, la chimie des peaux compatible, les désirs en harmonie... La porte s'ouvrit, la pièce était dans une semi-obscurité qui contrastait avec la lumière crue du couloir, il ne la

vit pas tout de suite.
-Avance chéri, fut le premier indice de la présence de Rachida, une voix légèrement rauque, posée, sûr d'elle, d'une grande sensualité... il banda de confiance... ses yeux s'habituèrent à la pénombre et il découvrit Rachida vêtue d'un déshabiller de dentelles blanche qui mettais en valeur son corps entièrement halé. Elle le saisi par la main pour l'attirer corps contre corps, chaleur contre chaleur, peau contre peau, sexe contre sexe et les caméras se firent discrète pour préserver leur intimité. Les enregistrements sont gardés sans autorisation de diffusion.

Vivre en 2014... OH putain !

Chapitre 7

Les rebels

Nachs, PK et Chee s'étaient retrouvés pour leur speed-réunion sous la « pierre levée » dans la grotte de leur enfance. Ils avaient juste une demie-heure devant eux pour ne pas attirer les soupçons, devaient aller à l'essentiel, puis regagner leur cuboriad, leurs studios avant le couvre feu.
-PK, Nachs, j'ai eu connaissance d'une information classée secret défense, une nouvelle qui, si elle est vérifiée, va redonner de l'espoir à une partie des opprimés de notre monde soit disant libre, libre de fermer sa gueule, libre de se faire engraisser comme des agneaux quinze jours avant Pâques, libre de se faire « traiter » à la moindre incartade, libre de trimer pour une petite caste d'oligarques qui se croient élus à jamais dans leurs privilèges... Écoutez ça, en Australie, des dissidents ont créé un groupe de rebelles anarchistes et athée, leur base est située autour du lac Eyre en Australie méridionale. Leur première victoire, ils ont réussi à désactiver leur GéPIV, ils sont devenus invisibles aux drones de localisation, ils auraient même pirater le serveur de contrôle des drones de vérification des GéPIV et de traitement des irréguliers. Aux dernières nouvelles ils ont pris les régions de Lake Gairdner, Lake Torrens, Golfe Spencer, la Baie de la Rencontre, Gulf Saint Vincent et avanceraient sur Victoria qui est peut être déjà tombée à l'heure où je vous parle, les ralliements sont nombreux, tous veulent se faire désactiver le GéPIV... Canberra est menacée, comme toute la nouvelle Galles du Sud, comme je vous le disais, ils ont pris le contrôle des drones de surveillance intérieure qu'ils retournent contre les autorités.
-Les larbins du board ne réagissent pas ? Comment est-ce possible, pourquoi n'ont-ils pas été repérés en se réunissant ou en

communiquant entre eux, je suppose qu'ils étaient plus de deux à l'origine pour lancer leur opération de reconquête.
-Il semble qu'ils aient dans leurs rangs des Aborigènes, des descendants de chamans qui communiquent entre eux par transmission de pensée, qui se sont transmis, qui ont cultivé ce don de télépathie, don perdu par la majorité d'entre eux, ceux qui avaient quitter le bush pour vivre dans les ghettos des banlieues où l'alcoolisme à pris le pas sur la culture traditionnelle de cette civilisation. Civilisation respectueuse de la nature comme beaucoup de ceux que l'on méprisait en les nommant primitifs. Quand on voit ce que sont devenus ceux qui se prenaient pour les supérieurs, cette civilisation esclavagiste au profit d'une toute petite minorité, les cendres de Victor Schoelcher doivent se retourner dans leur urne au Panthéon, se prennent pour des reine d'abeilles, nous demandent d'aller butiner pour eux, mais les abeilles travaillaient beaucoup moins de jours dans l'année que les PAUI, les bestioles à miel ne trimaient plus quand les jours devenaient trop courts, que les fleurs se calfeutraient dans leurs bourgeons attendant tranquillement le printemps... Revenons à nos Aborigènes, grâce à la télépathie ils ont échappé à toute écoute électronique.
-Quel est leur but ?
-Ils veulent prendre le contrôle de tout le continent australien pour créer une société fraternelle, sans croyances avilissantes, pour une science au service de l'épanouissement des individus, non pour les assujettir, faire que l'éducation soit la plus adaptée à la forme d'intelligence de chaque élève, formation qui conditionne le bien vivre ensemble, le respect de chacun, la satisfaction des besoins réels, l'absence de domination, d'enrichissement, d'accumulation dans le seul but de se montrer supérieurs aux moins avides, d'épater la galerie par des dépenses insensées, gaspillage permis par l'exploitation du plus grand nombre de leurs concitoyens, nous exploitent comme les fourmis traient les pucerons... Leur chance de réussir tient à ce que certains membres des dirigeants mis en place

Vivre en 2014... OH putain !

par Bilberger auraient tourné casaque, se trouvant délaissés par le board qui se la coule douce dans leur île face au Sénégal.
-La population suit ?
-D'après les informations qui ont fuité, ils en ont marre des obligations religieuses, d'être considérés comme des provinciaux arriérés par un board uniquement composé de membres de ces anciens pays qu'étaient les USA, la Hollande et l'Angleterre... Leurs programmes de défense des frontières auraient été modifiés pour se retourner contre les unités venus du reste des USW.
-S'ils réussissent, ça va donner des idées à d'autres parties des USW, malheureusement, ici ce n'est pas prêt d'arriver, nos élites sont tellement compromises, les populaces abêties par les jeux et le virtuel-football que nous serons les derniers à rester dans la fédération... quand tu penses qu'au début du siècle nos élites se gargarisaient de France pays des lumières, pays des droits de l'homme, se foutaient de la gueule du monde, nous étions déjà le pays des obscurantistes et des exploiteurs, il y a longtemps que les lumières étaient éteintes, voulaient par anticipation faire plaisir aux écologistes... pour réaliser des économies d'énergie... Question droits de l'homme, ils en ont bouffé nos concitoyens, de l'inquisition en passant par l'esclavage, le traitement en sous-hommes des indigènes de nos colonies d'Indochine, d'Algérie, Tunisie, Maroc, des massacres de Madagascar jusqu'aux Harkis que notre glorieux général a laissé la gorge sous les couteaux de nos vainqueurs algériens, pour les remercier d'avoir voulu sacrifier leur vie pour ce putain de pays des droits de l'homme...
-Tu crois qu'ils vont faire alliance avec l'EIC pour assurer leur survie, le temps que le board accepte le fait accompli.
-Faut d'abord qu'il réussissent à prendre l'ensemble du continent australien, par la suite ils devront analyser leurs intérêts, pour des athées qui veulent se délivrer des dictats religieux, je ne vois pas beaucoup d'alliances possibles, en dehors de causes communes ponctuelles qui peuvent autoriser un rapprochement temporaire.

-Les mecs, je ne veux pas faire l'inquiet, mais il est temps de nous séparer, si l'on veut éviter d'avoir à répondre à des questions que nous jugerons indiscrètes, il nous faut le temps de faire un peu de méditation et de relaxation avant de passer à cette putain de confession au détecteur de mensonges... pensez à vous mettre la main dans la poche de glace avant de passer sur le banc de confession.

En arrivant dans son cuboriad, Nachs fit ses simulacres de prières en se secouant, étaient fichus de vérifier les mouvements de balancements ces enfoirés... fit refroidir sa main pour la vasoconstriction avant de passer dans le détecteur de mensonge de la confession, puis consulta son écran pour vérifier si des informations filtraient sur les événements d'Australie... il ne trouva rien, même plus l'Australie qui avait disparue des cartes... bon signe pensa-t-il.

Vivre en 2014... OH putain !

Chapitre 8

La République populaire d'Australie

Dans l'état d'Australie la révolte avait progressé plus rapidement qu'imaginée, la population était mure, l'exaspération sourdait de toute part, les réactions surfaient à fleur de peau, seule la peur du traitement impitoyable par les drones reculait l'échéance. Des dirigeants qui avaient pourtant fait allégeance au board, basculaient, une bonne majorité d'entre eux rejoignirent les libérateurs, leurs yeux enfin décillés ont vu trop de leurs collègues partir joyeux sur leurs fauteuils sans jamais revenir. Pour les populations, la dernière mesure de transformer les statuts des PSAU en PSUI au bout de dix ans, limiter le temps de bénéfice de la retraite à seulement une décennie, fut la goutte d'eau qui mit le feu aux poudres, l'étincelle qui fit déborder le vase, tant va la cruche à l'eau qu'à la fin la source se tarit. La résistance pris de l'ampleur, les cerveaux s'activèrent, les yeux s'ouvrirent, les langues se délièrent, les poings se serrèrent, ils pensèrent par eux même, pour eux même, les idées se mélangèrent, s'enrichirent l'une l'autre, se confrontèrent, se structurèrent, devenaient des armes, ils comprirent que l'individualisme de la pensée recroquevillait la réflexion, les transformait en moutons prêts à être tondus, la révolution était en marche, putain oui, libérons nous, prenons nos vies en main, vivons bordel de merde, s'écrièrent-ils. L'air s'engouffra enfin dans leurs poumons avides, leurs chaînes se rompirent sous la force des pinces coupant les liens d'aliénation, les boulets de chevilles s'élevèrent dans le ciel comme autant de ballons d'enfants gonflés à l'hélium, même ces cons de piafs, les oiseaux, s'il y en avait eu, auraient fait des loopings en chantant des gospels. Avant chaque avancée territoriale les chamans entrèrent en contact mental avec leurs homologues, ce fut le cas à Canberra où ils préparèrent le terrain, le terreau fertile de la révolution en marche favorisait la croissance des idées libératrices, les bonnes ondes émises par les chamans retournèrent les contrôleurs des drones, les aborigènes voyant se soulever la chape de plomb de leur asservissement sortir des didgeridoo de leurs cachettes, ils affluèrent de partout pour se réunirent sur Vernon-Cir devant l'ancien bâtiment de Magistrates-Court et soufflèrent dans cet instrument au pouvoir libérateur, utilisant la technique de la respiration circulaire pour maintenir un souffle d'air constant, jouant sans arrêts, même pendant l'inspiration. La vibration monotone des lèvres sur l'embouchure produisait ce son de base caractéristique du bourdon. Le nombre des joueurs augmentait régulièrement, la place se remplissait encore et encore, l'impression était forte que des aborigènes venant du fond des âges arrivaient sans cesse rejoindre le concert, les esprits des ancêtres se mêlaient aux vivants, le son des bourdons s'accentuaient, l'air n'était que vibrations, good-vibrations qui venaient en résonance dans des fréquences proches des infra-sons, elles interféraient avec les appareils de contrôle des populations, le son grave, monotone, s'amplifiait, s'amplifiait, s'amplifiait.... Sur la place, le monument à la gloire du board entra en résonance, se fissura, s'effondra, la ville se rendit aux insurgés, le Bilberger-Obersturmbannfürer qui dirigeait la ville se suicida en jetant son ICT contre les ruines du monument glorifiant le board, on l'empailla et il fut envoyé par drone sur Port Moresby pour montrer aux zélateurs des USW que la révolte n'était pas factice. La technique de conquête fut la même pour Sydney où les aborigènes se réunirent sur le terrain d'Alison road devant le batiment du Royal Randwick, le son des Didgeridoo emplit petit à petit toute la ville, certains étaient même venus avec leur Tjurunga... le passé des ancêtres s'unissait au futur des libérateur, la ville tomba entre les mains des rebelles, puis comme un jeu de dominos, Central Coast, Newcastle, Port Macquarie, Coffs

Vivre en 2014... OH putain !

Harbour City, Gold Coast, la trainée de poudre salvatrice arriva à Brisbane, Sunshine Coast, Bundaberg, Rockhampton, Mackay, Townsville, Gordonvale, Atherton, Mareeba, Gooktown, puis après quelques semaines Bamaga tomba suivi de Rocky Point, Mission River, Aurukun, Pormpuraaw, Kowanyama, la semaine suivante ce fut au tour de Karumba qui demanda à les rejoindre entrainant Normanton, Burketown avec elle. Les forces se regroupèrent, se réorganisèrent, les Chamans entraient en contact avec les esprits des zones encore occupées par les fantoches des USW. Le début de mois suivant l'assaut fut donné contre Darwin qui tomba sans trop de résistance, les Chamans dont le nombre et la force augmentaient sans cesse avaient préparé le terrain et les esprits... Nemarluk fut pris rapidement... puis le Gouverneur qui s'était réfugié à Perth rendit les armes avant de s'enfuir en pirogue pour Rottnest Island où un navire l'attendait au large pour le conduire en lieu sûr. Alice Springs et Connellan rejoignirent les vainqueurs par anticipation, les informations leur étant parvenues par ondes dés les premières transmissions de pensée. Burt Plain et ses exploiteurs de touristes, perdu au milieu de nulle part, sur la Tanami road fut le seul îlot de fidélité aux USW. Le site encaissé dans des gorges traversées par un ruban de route droite sur des kilomètre, au centre du continent ne posait pas de problèmes, il devrait se rendre ou disparaître faute de réserves, ses habitants trop peu nombreux pour justifier l'effort de s'y rendre et de gaspiller des forces pour les amener à la raison.

    Le nouveau gouvernement collégial impliquait l'ensemble de la population aux décisions, chaque ville, devait désigner par tirage au sort, comme pour le gouvernement central, des représentants, représentants renouvelés chaque semestre pour veiller au destin de tous, sur le principe que, pour la vie courante et l'avenir de tous, plusieurs cerveaux devaient parvenir à des solutions plus construites, plus adaptées, qu'un seul, que la désignation aléatoire et de courte durée des décideurs les obligeait à considérer l'intérêt général et non d'entrer dans les magouilles destinées à renforcer la position de quelques privilégiés. De rares habitants peu enclins à prendre leur destin en main furent autorisés à partir sur des embarcations vers la Papouasie-Nouvelle-Guinée voisine, l'heure de l'élevage des cons ne sonnerait plus à la pendule de l'histoire. La RPLA, République-Populaire-Laïque-d'Australie leur fournirent des vivres et de l'énergie pour ce court périple, puis les défenses modifiées du continent austral reprirent du service, empêchant toutes possibilités d'intrusions dans l'espace conquis. Le FPLLA, Front-Populaire-Laïque-de-Libération-de-l'Australie venait de prouver que les USW étaient vulnérables de l'intérieur. Les équipes firent l'inventaire des possibilité du continent austral, elles découvrir, dans des laboratoires, congelées, des cellules reproductrice de différents animaux, dromadaires, kangourous, émeus, wallaby, scrpents, lapins, chiens, chats, chevaux, poules, dindons, porcs, hirondelles... les scientifiques se mirent au travail, modifièrent les incubateurs à humains pour mener à bien la tâche de re-créer ces espèces, ils trouvèrent aussi des collections de graines de plantes sauvages, des serres leur furent dédiées pour ré-ensemencer le continent. La réunion suivante du nouveau groupe que le sort désigna dut se pencher sur l'ordre de re-création des animaux et les priorités, il fut décidé que chaque animal re-créé devra être associé à ses prédateurs et à sa propre chaîne alimentaire. Une question restait en suspens, devait-on inclure dans ce processus les animaux qui pouvaient avoir l'homme dans leur chaîne alimentaire, un référendum fut décidé, la réponse fut positive. Un groupe de chamans d'origine Pitjantjara s'était réuni autour du volcan créateur du continent, la roche d'Ulurusur de plus de neuf kilomètres de circonférence, qui troue de ses 350 mètres de haut l'horizon de toute sa couleur orangée, mont qui domine la morne plaine désertique de ces lieux sacrés de culte et de cérémonies initiatiques, ils repensent notre mode de vie, notre rapport à la consommation, à la façon d'adapter l'homme à ses besoins spirituels, sa soif de connaissance, sa nécessité de vivre entouré d'art, œuvres qui ne peuvent plus être des marchandises, une

Vivre en 2014... OH putain !

œuvre d'art ne se vend pas, ne sert pas à la spéculation de connards qui compensent leur manque d'imaginaire, juste un bien commun, pour retrouver une vie tournant le dos à la consommation effrénée, à son corollaire d'abrutissement des masses, avidité artificielle qui les poussent inexorablement dans les bras de tyrans mégalomanes, de prêtres autoproclamés, de gourous de tous poils, de philosophes bornés dont le but commun est de prendre l'ascendant sur la conscience des plus faibles, des crédules, des feignants de la circonvolution, des larbins génétiques, des parasites de la civilisation, des inutiles, des sacs à merde, des qui foutaient la honte aux singes quand ils lisaient les conneries énonçant que l'homme descendait d'eux.

Roman Instinctiviste

Chapitre 9

La suspicion

Bloc B27, studio 275, Christ Dickonass faisait le point sur son bilan militaire, ce jour il s'était connecté de chez lui, sur son poste Individual-War-House pour valider un essai de téléguidage détaché. En cas d'attaque du Ministère de la guerre par cette pourriture d'engeance qu'est l'ennemi, cet exercice permettait de s'assurer que les combats pourraient se poursuivre, que même coupé du commandement il pourrait buter des Katlams, les massacrer, les éparpiller, les désintégrer jusqu'au dernier, parce-que lui, Christ, ce n'était pas le genre de mec à baiser son froc devant de la vermine Islamo-Catholique, à se faire mettre par de l'impie qui refusait la libre circulation des idées qui sont bonnes, les siennes, et des produits qui sont les meilleurs du monde, les siens, qu'il leur vendrait chèrement sa peau à ces fumiers de Kaltlams, Christ se sentait la fibre patriotique, putain rien qu'à l'évocation il avait la larme à l'œil, frisait l'érection... Oh nom de Dieu s'écria-t-il en se dressant raide comme un piquet la main droite sur le cœur hurlant l'hymne des USW. Bien sûr, l'amour du prochain c'était aussi son truc, si le prochain faisait parti des USW, un prochain qui pense comme lui, croit aux mêmes choses que lui, déteste les Katlams comme lui.... mais ces saloperies de Katlams ce n'est pas du prochain, ça ne te ressemble pas, c'est juste un sac à tripailles qu'il à le devoir d'étaler au soleil, du nuisible qu'il faut à tout prix éradiquer, rien qu'à évoquer ces parasites du paradis que serait la terre sans cette contamination... Christ avait le poil qui se hérissait, la tension qui montait de cinq points, limite des coups à lui filer la gerbe, rien que d'y penser lui filait de l'urticaire.... De chez lui, de son poste de

Vivre en 2014... OH putain !

télétravail il vérifiait aussi que le Bilberger-War-Cloud restait accessible pour assurer la défense des USW. Une fois par mois il se devait d'effectuer sa tâche depuis le poste de son studio. Christ activa sa console de télétravail, entra son mot de passe, le fit validé par son empreinte digitale et son image rétinienne, le tout en accord avec le code de son GéPIV. Sur l'écran apparurent les drones, il examina leur situation géographique, la topographie des lieux, leur fit prendre de l'altitude pour faire le point sur la situation au Caire. Il avait bien le compte rendu de l'équipe précédente, celle qui avait pris les commandes des drones pendant son temps de repos, mais il aimait bien juger par lui même. Il vérifia que les indicateurs d'énergie avaient tous leurs aiguilles positionnées à l'extrême droite des cadrans, que la charge en missiles avait été complétée, fit quelques exercices de manœuvres pour tester les commandes et la rapidité de réaction, il prit en compte le petit décalage entre son injonction et la réaction à sa commande, normal, la distance entre les drones et le poste de commande en est la cause, quand un message inattendu défila au bas de son écran...
Libérez-vous... libérez-vous... suivez la République Populaire d'Australie....
Putain, que veut dire ce message ? Christ resta un moment pensif, n'y comprenant rien, message qui disparu aussi rapidement qu'il était venu. Qu'est ce que c'est que cette putain d'histoire d'Australie ? D'Australie il n'avait d'informations que très succinctes, que le peuple Aborigène et sa civilisation avaient pratiquement disparu, qu'il y avait eu des lapins géants étranges qui sautaient comme des cons, qui mettaient leurs mouflets dans leur poche n'étant pas foutus de piloter un landau, qui pratiquaient la boxe française où tu peux utiliser tes arpions, bestiaux qu'ils nommaient kangourous et des tas de bestioles bizarres que c'est pas plus mal qu'elles aient disparu, que les habitants pratiquaient des sports à la con avec des ballons mal foutus impossibles à maîtriser, enfin des gens pas comme nous, que même on se demandait comment

ils tenaient sur le sol vu qu'ils étaient la tête en bas... là Christ avait compris que le mec qui lui avait fait cette remarque se foutait de sa gueule... souvent quand tu dis que t'es militaire on te prend pour un con... statistiquement ça tient la route, faut quand même pas généraliser... mais leur histoire de libérez-vous ? Se libérer de quoi, de qui ? Christ alluma son ordinateur personnel pour voir s'il y avait des informations sur l'Australie, tout en surveillant du coin de l'œil ses drones Égyptiens. Pas d'information, il fit une requête sur « Australie » l'écran indiqua :
Terme erroné tapez votre recherche avec cette orthographe 'australe'.
Christ ne comprenait rien, l'Australie fait parti des USW, j'ai dû mal rédiger la requête, il refit sa demande avec le même résultat. Aussitôt il vit apparaître sur l'écran du poste de commande de scs drones, un message du commandement lui indiquant qu'il était relevé temporairement de ses fonctions, qu'il devait rejoindre un ICT qui l'attendait devant le poste de contrôle de sa tour négative. Christ comprenant de moins en moins ce qu'il se passait, obéit aux injonctions et se présenta sur le point d'arrêt des ICT de sa tour, n'était pas le genre de type à contester une décision des autorités, même s'il ne comprenait pas la raison de sa convocation, il savait que les autorités avaient leurs raisons, que ces raisons étaient par définition incontestables. L'ICT annoncé par le commandement l'attendait, il s'installa à son bord sans savoir où il allait être conduit, se laissa guider. Le véhicule s'immobilisa devant l'antenne du Ministère du Sens Moral, mais resta en l'air ne permettant pas à Christ de descendre. La porte de l'antenne s'ouvrit, deux hommes en sortir, l'ICT effectua sa descente pour que les deux cerbères s'emparent du passager. Christ fut pris en main fermement par les deux employés du ministère qui le propulsèrent dans un couloir où leurs pas résonnaient, tournèrent pour prendre un escalier, descendirent de deux étages, nouveau couloir, de chaque côté des enfilades de portes, toutes closes, pas un bruit autre que celui des semelles à bouts ferrés claquant sur le sol bétonné, une étincelle

Vivre en 2014... OH putain !

jaillissait parfois du frottement du fer sur le ciment. Au bout du couloir une seule porte ouverte donnant sur une salle, pièce qui s'avéra être une salle d'interrogatoire, cellule de 2m sur 3 entièrement capitonnée murs et plafonds, ne disposant que d'un fauteuil pour tout mobilier et d'un écran, protégé par une vitre blindée, près de la porte. Des lampes LED incrustées dans le capitonnage du plafond éclairaient la pièce d'une lumière crue. Les deux hommes le poussèrent vigoureusement à l'intérieur de la salle, la porte claqua, le bruit sec de la serrure lui confirma que la porte venait de se verrouiller, puis il entendit leurs pas s'éloigner dans le couloir. Christ remarqua une trappe dans le sol, elle devait fonctionner souvent, des traces d'usure en témoignaient. Puis le silence, silence absolu, celui qui te fait entendre comme des milliers de petits grésillement dans tes oreilles, le cerveau n'aime pas le rien, lui faut un minimum, alors s'il ne trouve rien, il fait comme si, donne l'impression... Le silence, le silence, un putain de silence qui devenait angoissant, des gouttes de sueur froide perlèrent à son front, ses mains devinrent moites, Christ ne savait pas ce qu'on lui voulait, il s'interrogeait, essayait de voir ce qui pourrait lui être reproché, parce que le doute n'était plus permis, il était là pour une faute commise, mais putain qu'est-ce que j'ai pu faire s'interrogea-t-il ? Il était considéré comme un bon militaire, sa fidélité au régime ne pouvait donner lieu à aucune contestation. Christ examina le fauteuil, les bracelets sur les accoudoirs, les fils de cuivre apparents qui semblaient dénudés ne l'inspirèrent guère, il préféra s'asseoir sur le sol dans le coin opposé à la porte. Le temps s'écoulait sans que rien ne se passe, le silence se faisait de plus en pesant, pesant, pesant, les lampes semblaient progressivement baisser d'intensité, plus le temps s'égrenait, plus la pénombre s'accentuait, plus ses pupilles se dilataient. Christ n'avait aucun moyen de savoir depuis combien de temps il se trouvait dans cette pièce, les montres ayant été interdites par Bilberger des années auparavant, seul le temps officiel donné par les Bilberger-Clocks pouvait être consulté, il n'y avait pas de pendule

dans la pièce. En fonction de la décision du Bilberger, les heures pouvaient avoir des durées variables suivant les besoins. Christ compta dans sa tête pour estimer le temps, il arrivait à sept mille huit cent trente et un lorsqu'il commença à ressentir la faim lui tenailler l'estomac, il décida de somnoler pour éviter d'y penser. Christ fut réveillé par un bruit de sirène stridente qui le fit sursauter, depuis combien de temps dormait-il, il ne pouvais le dire, les lampes ne diffusaient plus qu'une faible lueur. La trappe s'ouvrit, un plateau apparu avec posé dessus deux verres contenant un liquide qui semblait être de l'eau. Une voix se fit entendre ?
-*Choisissez un verre monsieur* Christ *Dickonass, surtout ne vous trompez pas de verre.*
L'éclairage augmenta d'intensité. Christ observa les deux verres qui semblaient identiques, les huma, aucune odeur ne les distinguait, il mourrait de soif, mais réprima son instinct de se saisir d'un verre, une petite musique dans sa tête lui murmura : piège, piège... sont capables d'en avoir empoisonné un. Mais pourquoi le board lui voudrait du mal, spécialement à lui ? Christ réfléchissait encore, hésitait quant à la conduite à tenir, quand le plateau disparu, la trappe se referma. Quelques minutes plus tard, nouvelle apparition du plateau, avec trois verres identiques et la voix.
-*Choisissez un verre monsieur* Christ *Dickonass, surtout ne vous trompez pas de verre, vous réduisez vos chances en ne prenant pas la bonne décision... boire.*
Christ se saisit d'un verre au hasard, le bu d'un trait, ne trouva aucun goût particulier... au bout de quelques secondes, il eut l'impression de brûler de l'intérieur... son imagination certainement, rien ne se produisit sauf un grouillement intestinal engendré par le stress. Les lampes baissèrent à nouveau d'intensité. Christ essaya de s'assoupir pour économiser sa patience devant le temps qui s'allongeait sans aucune explication. Quand un coup de sirène le rappela à la vigilance, la trappe s'ouvrit, un plateau avec trois assiettes recouvertes d'une cloche métallique. Échaudé par le coup de

Vivre en 2014... OH putain !

l'eau, Christ souleva sans hésitation l'une des cloches, l'assiette était vide, juste un papier plié sur lequel il découvrit, après l'avoir déplié, ces mots écrits en rouge 'Bon appétit'... il se saisit de la cloche qu'il avait posée sur le fauteuil pour prendre le papier, avant qu'il n'ait eu le temps de la reposer sur l'assiette, le plateau disparu et la trappe se referma. Les lampes redevinrent veilleuses. Christ essaya de concentrer ses sens sur l'ouïe, rien, pas un bruit, à nouveau le silence depuis le hurlement de la sirène, il plaqua son oreille contre la porte, toujours rien, juste le bruit des pulsations de son cœur qui faisaient battre les vaisseaux sanguins de ses tempes... Nouvelle utilisation de la sirène, accompagnée de la lumière qui jaillit en même temps, aveuglante, il lui fallut un moment pour que ses pupilles se contractent suffisamment. Alors que ses yeux s'adaptaient à la lumière aveuglante, une voix sortie de dessous le fauteuil lui demanda :
-*Monsieur Christ Dickonass, que représente un Chaman pour vous ?*
-Je ne connais pas ce mot.
Christ n'avait jamais entendu parler de Chaman, ne concevait même pas ce que signifiait ce mot. Pourquoi me demandent-ils ça ? Je n'y connais rien en races de chats, sont des malades, c'est pas possible... Plus rien, la réponse les avait-elle satisfait... le temps continuait de s'écouler, Christ allait s'assoupir quand ses yeux furent bombardés une fois de plus par les photons et ses oreilles transpercées par la voix.
-*Pourquoi avez vous taper Australie à deux reprises sur votre moteur de recherche monsieur* Christ *Dickonass.*
-J'avais eu un court message avec le mot Australie sur le déroulant de mon écran d'Individual-War-House, alors je me suis demandé pourquoi, j'ai voulu savoir s'il y avait des informations pour m'expliquer cette intrusion, murmura-t-il, avec une voix qui puait l'excuse.
-*Parlez à haute et intelligible voix monsieur* Christ *Dickonass.*
-J'ai eu un message incompréhensible avec le mot Australie alors...

Roman Instinctiviste

-Vous n'avez jamais eu de message monsieur Christ Dickonass.
-Si, j'en suis certain, j'ai lu en bas de mon....
-Vous ne pouvez pas avoir eu de message, nous n'avons aucune trace de vos affirmations dans la mémoire de votre Individual-War-House monsieur Christ Dickonass .
-J'ai peut être eu une hallucination, trop de temps passé sur les écrans et vous savez ce que c'est, l'imagination, la fatigue, le rêve, le réel tout fini par se mélanger... mais je vais me reprendre, regardez mes états de service, je vais me reprendre c'est sûr... je vais me reprendre, finit-il par bégayer...
-Que signifie le mot Australie pour vous monsieur Christ Dickonass ?
-C'est un état de notre patrie, l'USW, un des plus grand en superficie, dans l'océan indien ou je ne sais où....
-Monsieur Christ Dickonass, le mot Australie ne veut rien dire, ce mot ne recouvre rien, ce mot n'a jamais existé ! Que veut dire Klamramoutre pour vous ?
-Klamramoutre ? Rien, je ne l'ai jamais entendu prononcer, mais je veux bien en connaître la signification, je ne demande qu'à apprendre si le Bilberger me le conseil, je n'ai jamais discuté un ordre, j'ai toujours exécuté sans me poser la moindre question, je fais confiance à Bilberger... s'ils me le demande c'est que c'est bon pour la patrie, pas vrai ?
-Klamramoutre, Australie, vous voyez ces mots n'ont aucun sens monsieur Christ Dickonass.
-Pourtant pour Australie je croyais....
Un violent coup de sirène lui fit mettre les mains sur les oreilles pour se protéger les tympans, il avait l'impression que son marteau frappait sur son enclume, que son étrier vibrait comme une double anche de basson.
-Monsieur Christ Dickonass, ne persistez pas dans vos erreurs... regardez l'écran devant vous, qu'y voyez vous ?
-Une photo de mademoiselle Rachida Morana.... pourquoi me la montrez-vous.

Vivre en 2014... OH putain !

-Ce n'est pas une photo, juste une image arrêtée de la caméra qui se trouve en face d'elle monsieur Christ Dickonass.
-Que vient faire mademoiselle Rachida dans cette histoire ? Elle n'est pas au courant de mon.... hallucination.
-Elle est sur cet écran parce que vous êtes en train de la compromettre avec vos visions délirantes, votre cerveau qui invente des mots et qui veut leur donner une signification monsieur Christ Dickonass.
-J'ai oublié le mot dont vous me parlez, un mauvais rêve, un cauchemar, un mauvais trip, trop tirer sur la vapoteuse à THC....
-Regardez bien l'écran monsieur Christ Dickonass, nous allons libérer l'image et élargir le plan... regardez monsieur Christ Dickonass, ne tournez pas la tête monsieur Christ Dickonass... que voyez vous.
-Mademoiselle Rachida assise sur le tapis roulant qui alimente un broyeur... elle n'y est pour rien, ne mettez pas en marche le tapis, je vous en supplie, laissez la partir.
-Que nous donnez-vous en garantie monsieur Christ Dickonass ?
-Tout ce que vous désirez, mais ne lui faites pas de mal, faites de moi ce que vous voulez... mais libérez la, je vous en conjure.
-Nous acceptons votre proposition monsieur Christ Dickonass, vous allez prendre sa place.
-Des bruits de pas résonnèrent à nouveau dans le couloir, faibles au début puis de plus en plus forts, des hommes marchant d'un même pas volontaire, le genre de mecs qui n'utilisent que leur cervelet, un bruit sec de la serrure, un pêne qui glisse, la porte s'ouvrit, deux hommes l'empoignèrent, différents de ceux qui l'avaient accueilli, ceux là semblaient encore plus frustres, des têtes qui ne vous donnent pas envie de les croiser le soir au coin d'un bois... couloir, escalier, couloir, sas d'entrée. Ils l'installèrent sans ménagement dans un Multiple-City-Transpoter réservé au ministère et le conduisirent vers le broyeur où se trouvait Rachida qui gisait attachée près des dents du broyeur. Arrivés à destination, ils l'empoignèrent et le jetèrent sur le tapis près de Rachida, Rachida le regardait les yeux exorbités, la peur avait fait viré son maquillage, des mèches de cheveux collées sur

la joue, elle était méconnaissable, les vêtements plaqués à la peau par la sueur froide que lui occasionnait sa terreur, ses yeux passaient alternativement de Christ à l'entrée du broyeur, elle était incapable d'émettre le moindre son, la gorge nouée, elle tremblait de tout son corps... terrifiée elle urina sous elle, le sang se retirait de sa tête, sa tête lui sembla s'emplir de coton, elle finit par vomir.
Yug, le plus grand des deux escorteurs, appuya sur le bouton 'ON' de mise en marche du tapis roulant, Christ et Rachida furent précipités dans le broyeur... Christ dans un geste de bravoure se mit à crier une dernière fois l'hymne national...
      Yug et Culnaej ses convoyeurs se mirent au garde-à-vous.
L'Australie n'avait jamais existé, ne pouvait donc pas envoyer des messages pirates...
Christ Dickonass n'avait jamais existé il ne pouvait donc pas avoir reçu de message.
Rachida Morana n'avait jamais existé elle ne pouvait donc pas dire qu'elle connaissait Chist Dickonass...
Qui veut affirmer le contraire ?

Vivre en 2014... OH putain !

Chapitre 10

Sauver les privilèges

PK de son poste de contrôle des drones jetait un œil sur la carte du monde qui se modifiait d'un jour sur l'autre... quand je dis se modifiait, je veux dire que des parties entières disparaissaient au profit de l'océan, l'Australie avait disparu, puis la Nouvelle-Zélande l'île sud avec Canterbury, puis l'île nord avec Wellington, la Papouasie-Nouvelle-Guinée de Port Moresby n'était plus visible.... de toute évidence les peuples de ces régions se libéraient... Ils devaient avoir eu un chemin commun par le passé, des ancêtres venus des mêmes horizons... Ils se retrouvaient pour un destin commun. Déjà des parties de continents avaient été effacées des cartes, par la conséquence du réchauffement climatique, la Chine, le Cambodge, le Viet-Nam, les Philippines, la Taïlande, l'Egypte avaient dû rectifier le contour de leurs frontières, conséquences de la montée des eaux, les îles Kiribati avaient été englouties comme les îles Carteret, une partie du Bangladesh, les îles Nauru, Kosrae, Marshall, Salomon, Tuvalu, Tokelau. Des villes aussi furent menacées, certaines protégées de digues et d'écluses sophistiquées, d'autres déplacées, New-york, Amsterdam, Rotterdam, Tokyo, Londres, Miami, la nouvelle Orléans furent toutes concernées par l'une ou l'autre solution... mais là, pour l'Australie et ses voisines, la montée des eaux n'y était pour rien, juste la montée des libertés, dont les vagues déferlaient plus fort que celles des eaux montantes... PK n'insista pas pour avoir plus d'informations par les canaux officiels, il avait entendu parler de concitoyens dont la curiosité leur avait valu de grossir le nombre de personnes n'ayant jamais existé. Autres conséquences de ces modifications géographiques, les contrôles des personnels de tous les postes touchant à la sécurité intérieure devenaient draconiens, le board commençait même à tester des analyseurs d'ondes cérébrales pour vérifier qu'aucune pensée subversive ne pouvait traverser l'esprit de ses préposés à la survie du système... La menace venant des terres australes semblait agiter les dirigeants, même si officiellement ces terres n'avaient jamais existé. Les artistes, comédiens, cinéastes, chanteurs, sculpteurs, peintres, philosophes et autres intellectuels des boudoirs, furent mis à contribution, il fallait les voir se bousculer pour venter, dans leurs productions, le bonheur de vivre dans les USW, se répandaient en interviews, en confidences télévisées, en articles dans les journaux numériques, où chacun exacerbait le patriotisme, expliquait pourquoi il avait la chance de vivre dans ce merveilleux état fédéral des USW... même ceux qui servaient de caution démocratique en critiquant des points de détail, les fous du roi, rappliquaient ventre à terre pour gagner le concours de larbinerie... là, pour eux les choses devenaient sérieuses, ils avaient moins à perdre que les membres du board, mais beaucoup en se comparant aux populaces qu'ils motivaient à les idolâtrer et à les suivre. Leurs avantages disproportionnés en comparaison de ce qu'ils étaient supposés offrir en échange, même si certains faisaient semblant d'être du coté du peuple, peuple avec lequel ils avaient l'indécence de faire semblant de partager les difficultés de vie, peuple qu'ils exploitaient, peuple qu'ils motivaient pour être solidaire des plus démunis, cette fameuse générosité des petits qui évite aux nantis de mettre la main à la poche, cette apologie de l'entraide, des petits gestes qui mis bout à bout font les grandes choses... Déjà au début du siècles une bonne conscience s'échangeait contre une participation au Téléthon, aux Restos-du-Coeurs, au Secours-Populaire, au Secours-catholique, au Droit-au-Logement, aux divers associations luttant contre le cancer, le sida, ébola... aucune contre la connerie... dommage... déjà leurs animateurs trouvaient là un moyen d'exister médiatiquement, détournaient l'attention de leur statut d'êtres scandaleusement privilégiés en faisant les poches des petites gens croulant sous les impôts, les culpabilisant si leur générosité

Vivre en 2014... OH putain !

faiblissait, alors que si ces faiseur de morale n'optimisaient pas leur fiscalité, s'ils ne se délocalisaient pas pour échapper à l'impôt, la nation pourrait pourvoir largement aux besoins du peuple sans avoir à lui faire les poches. On les voyait se répandre, pour les moins égoïstes d'entre eux... ceux qui ne privilégiaient pas le climat de la Suisse pour leurs poumons, le croustillant des frittes belges pour leur palais, le soleil de Floride ou de Californie pour leur bronzage, les étendues de Patagonie pour éviter la promiscuité... sur les plateaux de télévision se plaignant qu'ils payaient des sommes astronomiques à l'état, mais jamais pour nous dire combien de centaines de fois le salaire annuel d'un ouvrier leur restait dans la poche après cette écrasante ponction pécuniaire. De combien de fois se sentaient-ils supérieurs à un ouvrier pour estimer juste de recevoir des revenus mille fois, dix mille fois plus importants que lui, pour trouver ça normal, il y en avaient même qui poussaient la provocation jusqu'à se déclarer philosophiquement de gauche... pas une seule fois ils ne sont venus dire combien de millions d'euros, la monnaie de l'époque, ils auraient dû débourser pour les heures de promotion, de publicité gratuite que leur offraient les chaînes nationales de radio et de télévision payées par la redevance des prolétaires, ni combien coûtait au peuple cette même promotion sur les chaînes privées financées par la publicité, publicité payée par le consommateur à chaque achat... Remarque tu n'avais pas, à l'époque, intérêt à soulever le problème, si tu ne voulais pas te faire traiter d'antisémite. Pas surprenant qu'ils soient si prompts à venir se répandre pour maintenir le système en l'état, avec de petits ajustements à la marge pour les plus réformistes... toujours le réformiste Jésus contre le révolutionnaire Spartacus... Réforme, socialiste, charity-business, associations humanitaires, charité chrétienne... des mots plus insultants sales et vulgaires que bites, couilles, chattes, blennorragie, leucorrhées, prurit anal.

Roman Instinctiviste

Chapitre 11

Le compte à rebours

Nachs ressentit une fois de plus son contrôleur cérébral prendre le dessus pour lui faire prendre connaissance des nouvelles directives du Board.

-Par décision du 12 novembre 2084, le comité central des USW et le Bilberger board informent que les autorisations de sortie, en dehors des visites entre habitants dans la mesure de 2 personnes maximum dans un studio et 4 personnes dans un cuboriad, sont temporairement supprimées. Une formation complémentaire pour reconnaître un ennemi intérieur sera obligatoire pour toutes les PAUI, les UCT ne seront accessible qu'aux PAUI du cinquantième percentile. Toute personne tentant une dégradation sur le matériel d'aide à la vie, GéPIV, drones... sera passible de sanctions pouvant aller jusqu'à la radiation de la communauté.

The God bless USW.

Tsoin Tsin Boum Boum Tsin Tsouin....

Comme toujours, l'hymne planétaire du monde libre suivit immédiatement la voix qui venait d'informer Nachson, une fois de plus le contrôleur cérébrale implanté le contraignit à chanter l'hymne,

Enfants de la terre,
Enfants des USW,
Que God nous vienne en aide pour vaincre nos ennemis,
Que leur sang impure coagule dans leurs veines,
Que notre paradis arrive enfin sur cette terre...

Puis la prière qui maintenant le suivait systématiquement...

The God toi qui nous prête vie
Toi qui nous préserve de nos ennemis

Vivre en 2014... OH putain !

Toi qui veille sur nous par la grâce de Bilberger
Toi qui nous donne tout ce dont nous pouvions rêver
Permets nous de rester tes humbles serviteurs, tes esclaves
Permets nous de t'offrir notre vie si tel est ton désir
Bilberger est grand
Bilberger nous aime
Amen.

Nachs attendait l'arrivée de PK et de Chee, qui lui avaient demandé l'autorisation officielle de passer le voir, dès l'annonce de la direction du Bilberger board connue. En attendant leur arrivée, Nachs parcouru les informations sur son écran, il faisait défiler les rubriques lorsque un entrefilet sur la cosmologie le fit s'arrêter sur une annonce stupéfiante qui polarisa son attention, la fameuse comète Pons-Brooks qui devait nous rendre visite en avril 2095 et la comète Olbers qui elle était attendue en 2093 venaient de se télescoper, un énorme morceau baptisé KFA1, résultat de la collision, avait été détecté à 1 806 750 000km de la terre, sa nouvelle trajectoire le dirigeait vers nous, terre sur laquelle il pourrait s'écraser mi 2087, sa taille était évaluée à quinze kilomètres de diamètre et sa vitesse de 550km/s. Soit 1 980 000km/h... Putain de merde, on va se prend ce truc en pleine tronche, plus besoin de se préoccuper de son plan épargne retraite, plus nécessaire d'organiser de manif contre la réduction à dix ans du passage de PSAU à PSUI, c'est le fin de la vie sur la planète pour des siècles, Kaput-For-All-1 va appuyer sur le bouton Reset de cette putain de planète, devront revenir ensemencer la terre, quand tout le merdier déclenché par l'impact sera calmé, parce que du merdier ce n'est pas ce qui va manquer, le soleil va partir en vacances pour des années, le photovoltaïque sera en RTT, les pales des éoliennes vont se transformer en rotors d'hélicoptères, tu vas pouvoir poser tes légumes à l'extérieur, sur le dessus de la verrière pour tes congélations... les fermiers de l'univers devront se pointer pour refaire les semailles, les maîtres du monde interstellaire vont avoir une planète en jachère pour un bon moment... Tout va

recommencer depuis le début, je me demande si l'étape dinosaures va avoir lieu, quelle espèce sortira vainqueur de la course à l'évolution, si l'espèce qui prendra le pas sur toutes les autres sera aussi conne que l'espèce humaine du début de ce siècle, bêtise crasse qui nous a conduit au fascisme Bilberger, si posséder des conneries qui brillent ou qui font vromm-vromm l'emportera sur l'envie de connaissances, de savoir, de réflexion, si envahir la terre des résultats de ces rencontres improbables d'ovules et de jus de couilles qui s'empiffrent à ne plus pouvoir bouger leurs culs graisseux, s'appropriant et consommant dans une frénésie imbécile toutes les ressources, consommation en progression infinie, cette putain de croissance alpha et oméga de connards d'économistes des années 2000 qui n'avaient pas percuté que la terre et ses ressources étaient elles finies. Se battaient le poitrail comme des gorilles trisomiques pour montrer leur joie devant des taux de natalité à forte croissance, c'est bon pour le P.I.B. coco, du marmot, du mouflet, de la graine de bois de lit, du niard, du chouineur te booste la consommation, regarde ma projection, la courbe monte super bien. Leur faudra 10, 20, 50, 100 milliards d'humains sur terre pour te faire une croissance qu'elle est jolie, un P.I.B. qui leur occasionne cette petite érection suivie de l'éjaculation qui va bien... De richesses pour que tous les humains vivent correctement, pas dans l'opulence et le gaspillage, juste correctement, nourris à leur faim, des loisirs, de l'éducation... il y en a pour combien ? Ces mêmes cons à lorgnettes retournées, qui se répandaient triomphants et univoques sur les médias au début de ce siècle, l'estimaient à 3 milliards ce nombre de gus qui pouvaient vivre comme des occidentaux... et les autres ? Pas de pot pour eux, vivront comme des Somaliens, des Haïtiens, des Malawiens, des Burundiens, des Centre-Africains... Personne n'a eu le courage de dire aux 'non élus', à ceux qui ne naissent pas du bon côté du portefeuille, aux 't'es passé à ça de naître blanc, riche, c'est pas de bol'... que pour eux le progrès, la belle vie, c'est juste un truc qu'ils devront se contenter de vivre par procuration dans des feuilletons à la télé, comme les

Vivre en 2014... OH putain !

occidentaux des classes moyennes et des classes populaires regardaient parader les nantis dans les séries américaines, où ils admiraient des gonzesses entièrement customisées au silicone, habillées dans des chiffons griffés Dior, Chanel, Gucci et autres bouffons de la friperie, portant avec arrogances des sacs marronâtres de chez Vuitton, cette couleur imitant à la perfection une diarrhée en voie de guérison, femmes couvertes de brillants Van Cleef et Arpels à rendre jaloux un sapin la veille de Noël, de mecs parfumés Hugo Boss, déguisés en Saint Laurent, les hémorroïdes calées sur le siège baquet de leurs Ferrari California T, la montre Rolex Daytona or en évidence... Un jour la provocation a été trop, ils ont pris les armes, fanatisés par des aussi pourris que nos ultras-libéraux, mais dans la gamme ultra-religieuse, la gamme adaptée aux formatés bas de plafond, gamme des maintenus dans l'inculture la plus crasse, la gamme des 'plus rien à perdre', la gamme de ceux dont leur propre vie ne compte plus, la gamme de ceux pour qui le désespoir est encore positif par comparaison à ce va être leur avenir.... résultat des courses... ces cons ont fini par nous imposer l'univers Bilberger et la vie virtuelle de tous, sauf du petit nombre d'élus du Dieu Fric.

Nachs en était là de ses réflexions historiques quand Chee, suivit de PK poussèrent la porte du sas.
-Klub, Klub les mecs. Aussitôt Nachs leur montra un papier leur demandant d'écrire tous ce qui concernait Bilberger pour éviter l'écoute et l'analyse des conversations par le logiciel de pensée positive.
-Putain Nachs tu nous emmerdes avec tes formules à la con de 'djeunes', regarde-toi dans une glace, tu verras que tu fais plus clown qu'adolescent.
-PK écrivit : Nachs as-tu entendu les informations du board, ça devient super flippant, il ne nous reste plus qu'à espérer que la révolution australienne arrive jusqu'ici.
-Chee prit la feuille, « Que pouvons-nous faire ? »
-Nachs à son tour sur la feuille « Rien »

-PK indigné, s'écria : Pourquoi ?
-Nachs sur la feuille « KFA1 va résoudre le problème, suivez moi » il se dirigea vers son ordinateur, ils le suivirent sans un mot, il leur fit lire la nouvelle...
-Putain merde, s'écria Chee
-Pas mieux, ajouta PK
-Que comptes-tu faire pendant le temps qu'il nous reste ? Interrogea PK.
-Je vais demander à Syréna de vivre avec moi à plein temps dans le cuboriad et nous allons baiser jusqu'à plus soif, je veux partir en ayant épuisé mon stock de gamètes, faut pas laisser perdre, ce serait con de les voir cramées par l'explosion puis congelées par l'hiver d'impact qui va suivre, c'est le scénario Chicxulub qui fait sa version deux, le rerour.
-Sympa pour nous, dans les studios ce n'est pas possible de vivre avec une compagne, toujours les mêmes qui profitent...
-Ne vous reste plus qu'à prier qu'il existe un truc après la mort où vous pourrez utiliser vos réserves... En attendant, il vous reste la picole, pochetronnez vous la gueule jusqu'à l'impact final.
PK et Chee vidèrent une bouteille de kornikopia, fumèrent pétards sur pétards, quittèrent Nachs et partirent bras dessus bras dessous en hurlant

Debout les damnés de la terre
Debout les forçats de la fin
La raison tonne en son cratère
C'est l'éruption de la fin
Du passé faisons table rase
Foule esclave debout debout
Le monde va changer de base
Nous ne sommes rien soyons tout
C'est l'impact final groupons-nous et demain
La fusion finale tuera le genre humain

Deux drones arrivèrent au dessus d'eux, analysèrent leurs propos, les

Vivre en 2014... OH putain !

traitèrent et les conduisirent au broyeur le plus proche.

Roman Instinctiviste

Chapitre 12

En Australie

Les chamans de la roche d'Uluru s'étaient regroupés par sept, se donnaient la main pour former sept cercles, au centre des sept cercles chacun avait déposé son Tjurunga, Les yeux clos ils respiraient de plus en plus profondément pour arriver à l'état de transe, ils s'assirent tous en même temps sans qu'aucun ordre ne fut donné, regardant vers l'extérieur des cercles, chacun commença à souffler dans son didgeridoo, le son grave partait pour traverser l'univers, leurs sens en éveil ils attendaient la réponse. La réponse leur parvint en fin de journée, elle leur confirma leurs visions lorsque leurs esprits avaient retrouvé le chemin du rêve tjukurpa. Ils savaient maintenant que l'arrivée prochaine de la météorite tueuse était confirmée. Le lendemain, une nouvelle réunion se tint à Ayers Rock au pied de la roche sacrée, devant l'urgence ils décidèrent de faire partager leur secret à ceux qui vont être désignés pour poursuivre la vie terrestre. Les esprit des ancêtres leur avaient annoncé que la météorite allait s'écraser dans l'océan atlantique, au large des îles du Cap-Vert, que la vague qui en résulterait haute de plusieurs centaines de mètres balaierait la terre, le déluge des écritures, que des volcans se réveilleraient et que leurs cendres obscurciraient le ciel pendant des années, cendres et souffre acidifiant les océans, masquant le soleil, qu'une période de glaciations suivrait... Il leur fallait partager le secret, sans le répandre, ceux qui ne seront pas concernés risqueraient de compromettre l'opération... Ils ne pouvaient se le permettre, sinon la terre deviendrait un astre mort pour des siècles. La décision fut prise de transférer les laboratoires de re-création des espèces animales et

Vivre en 2014... OH putain !

de culture des végétaux originels avec leurs scientifiques à Ayers Rock, ils convoquèrent aussi un petit nombre d'hommes et de femmes choisis pour leur savoir, leur sagesse et leur patrimoine génétique complémentaire. Lorsque tous furent réunis, une entrée se dégagea qui leur permis de pénétrer sous Uluru. Ils découvrirent une vaste grotte éclairée par une lumière identique à celle du soleil à son zénith, des alternateurs mus par l'énergie du volcan captée en profondeur fournissaient l'électricité, ils étaient un petit millier, l'ouverture sous Uluru venait de se refermer, ils étaient là pour sauver l'humanité, choisis pour leurs valeurs morales et leur générosité... L'arche, Noé, Ararat, le déluge sumérien mille ans plus tôt... juste des allégories pour préserver les chances jusqu'à ce jour. Ils commencèrent cette nouvelle vie en attendant que dans quelques générations la terre redevienne le paradis qu'elle n'aurait jamais cessé d'être si les religions et la connerie humaine ne l'avait transformée en enfer. Le mercredi 10 mai 2087 à 17 H GMT, KFA1 percuta la terre suivant cette position : 31°52'50.73"Nord 28°06'41.50"Ouest, des vagues énormes déferlèrent sur les populations, de nombreux volcans se réactivèrent sous le choc, le ciel devint noir des cendres émises, les panneaux photovoltaïques ne recevaient plus le moindre photon, les éoliennes balayées par la force du vent, l'axe de la terre se modifia, ainsi que l'inversion de polarité, les boussoles si elles avaient pu résister indiqueraient le sud magnétique, les rivières gelèrent en quelques jours, les océans furent pris par les glaces, la vie s'arrêta pour tous.

Les archéologue du futur, si la vie dans des milliers d'années reprenait ses droits, trouveront Nachson et Syréna figés dans leur dernière position testée du kamasutra. Seuls les entrailles d'Uluru furent épargnés...
Chez les EIC, des chamans Asthèques firent une démarche similaire, lors d'un voyage sous ayahasca ils avaient vu l'arrivée de la météorite, leur refuge se situait sous la pyramide de Téotihacan qui en était la porte d'entrée, il y restèrent jusqu'à ce que les temps

redeviennent cléments... Une seule idée les aidaient à survivre, convertir les survivants de l'USW s'il y en avait....

Quand on pense au monde de savoir, de paix et de convivialité qui pourrait existé sans ces putains de religions...

L'homme est vraiment maudit... Putain tout va recommencer pareil.

A ma petite fille Oksana qui ne manquera pas de me demander un jour : Papy c'est quoi l'infini ?
-Je ne pourrai que répondre « la connerie humaine, ma chérie »

That's all folks

En souvenir d'un camarade de l'armée de l'air à Reims 1970/1971

Yvon Matelot
1949-18 octobre 2010

Une lettre du :

Soisson, le 30 juin 1972

Bonjour mon gros poutou,

Ça fait bien longtemps que je n'ai pas fait un brin de causette avec toi. Seulement tu sais ce que c'est, on cause, on cause, mais n'agit pas beaucoup. Et puis avant d'agir, il faut savoir ce qu'on veut faire, peut être que je saurai un jour mais c'est tellement compliqué toute cette merde. Je sais, il y a quand même des choses assez simples à réformer mais ça, je crois que ça va venir pour bientôt. Seulement après, on aura toujours des problèmes quand même, dis, t'es sûr ? On sortira jamais complètement de la merde, de l'ennui, du cafard, des gros sou-sous pour acheter de la bonne bou-bouffe et des belles tu-tures ?

Et puis tout ça ne sont que des mots, toujours des mots. Il y a une chanson de Léo Ferré qui dit à peu près ceci : « toujours des mots, à longueur de pelure. Il faut faire un vocabulaire nouveau, tout relatif, avec des mots anciens, courbés, comme 'tu voudrais' comme 'mon chien qui dort' Il faut mettre Euclide (je ne sais plus ce qu'il a fait) dans une poubelle, mettez vous bien dans la courbure, c'est râpé vos démocraties où il n'est pas question de monter à l'hôtel avec une fille si elle ne vous est pas collée par la jurisprudence, c'est râpé messieurs de la romance nous, nous sommes des chiens, et les chiens quand ils sont accompagnés ils se dérangent et posent leur os comme on pose sa cigarette quand on a quelque chose d'urgent à faire et de préférence si l'urgence contient l'idée de vous foutre sur la margoulette » et puis je sais plus très bien mais t'as qu'à acheter le disque, tu nous fais chier. « Amour, anarchie, volume I. T'as des ronds, t'es marié, tu touches des allocations, parce que je suppose que si t'es marié, c'est parce que tu lui a collé un gosse, espèce de salaud ! Excuse mon tempérament mysoginesque, si j'ose dire, mais c'est mes problèmes sexuels qui remontent à la surface. Je t'en avais parlé à l'armée, je ne sais pas si tu te rappelles. Alors maintenant, ça va un peu mieux, je m'y suis fait, mais dans les désirs sexuels, je n'ai rien de très ordinaire : par exemple, je n'aime pas baiser, ça ne me dit rien, mais par contre j'aime bien faire des cochonneries, mais aussi beaucoup, beaucoup de tendresse. Si ça manque à ta femme, on peut s'arranger, faire un ménage à trois mais tu dois être jaloux comme un pou, espèce de fumier. Si t'es pas jaloux, préviens-moi, c'est un truc qui pourrait éventuellement m'intéresser. On se compléterait pour emmener ta femme au septième ciel et puis à trois on se

Vivre en 2014... OH putain !

fendrait bien la gueule, il y en aurait toujours un pour lâcher un pet au moment de l'orgasme. Si ta femme est un peu pudique (ce qui m'étonnerait pour se satisfaire d'un goujat comme toi) ne lui montre pas cette lettre, ça lui ferait peut-être de la peine de voir le niveau intellectuel de tes correspondances. Cependant, il est grand temps que tu m'invites à bouffer le gigot aux haricots verts (c'est bon ça) ; si ta femme me fait la gueule, tu lui diras que tu vas chercher un paquet de gauloises et on ira bouffer et se saouler la gueule comme deux bons princes. Sinon, on pourrait manger nus tous les trois, le chien et le gosse sous la table pour ramasser les os et nous lécher l'entre-jambe. Pas de bon vin, du gros 12°. C'est pas que je sois un petit con qui veuille remonter aux sources de la nature dans la paillardise, c'est tout simplement que je sais pas apprécier si c'est du bon. Je ne sais vraiment plus où j'en suis, j'étais parti sur les mots (la linguistique Sorbonnienne) et puis je me suis égaré dans de vils instincts qui sont pour moi les plus chers peut-être parce que plus faciles. Je crois que j'ai beaucoup trop analysé les moindres de mes paroles et celles des autres, mes faits et gestes et ceux des autres. J'ai trop problématisé à un tel point que je ne sais plus du tout où j'en suis, je tourne en rond, il doit y avoir un moment où l'intelligence ne peut plus suivre chez l'individu, à quelque niveau que ce soit, et on se casse la gueule dans une vie imbécile (imbécile parce qu'on l'a jugée comme telle en l'analysant) L'intelligence ne suit plus mais le bonhomme va quand même un peu plus loin, s'enferme, s'emprisonne et alors ça va plutôt mal. Il faudrait fermer sa gueule, ne plus parler du tout. Le moindre mot, même dit par moi, ne passe plus. A chaque fois que je commence à parler sérieusement avec un type, je me dis que je déconne drôlement. J'ai l'impression pourtant d'être très lucide mais ma lucidité ne peut se comprendre que par ceux qui pensent un peu comme moi. Il faudrait parler un peu plus avec ses tripes et sa sensibilité. Le reste n'est qu'une vaste connerie à entretenir tant bien que mal la société. Il n'y a que les cons qui sont sûrs d'eux, qui sont sûrs d'avoir raison. C'est pourquoi je te reproche d'être inscrit à un parti politique. On ne sait même pas définir universellement le bien et le mal, on sait pas bien ce que c'est que la justice, on sait seulement qu'elle n'existe pas en absolu. A partir de ça, on essaie de se raccrocher aux branches, de se dépatouiller dans cet immense tas de merde qu'est une nation. Je sais, si tout le monde dit comme moi, le gigot aux haricots verts que ta femme devrait m'offrir, je ne pourrais pas me le goinfrer. Mais rassure toi, je ne te prends pas pour un con, sinon je ne te causerai même pas. Seulement, toi t'arrives à garder les rennes, tu gardes le moral, tu fais quelque chose même si c'est peu. Mais il faut savoir aussi que dans les mecs inscrits à un parti politique, il y a un sacré tas de cons : ceux qui veulent réformer la société mais qui ne se rendent même pas compte qu'ils devraient simultanément mettre à bas leurs préjugés de cons (J'en ai encore, il m'en reste moins qu'avant je crois), leur vocabulaire de pète-dans-la-soie, leur chemise du dimanche, la grandmesse, qui sont athées mais qui se marient quand même à l'église, les journaux sérieux, le bulletin de vote, la voiture et la conscience sous le jet d'eau pour être proprette. Je crois vraiment que ce qu'il leur manque le plus, c'est l'humour, les tripes. Ils se prennent trop au sérieux, ils m'ennuient, ils ont le teint jaune. Remarque que je serai peut-être assez con pour ne pas oser péter devant ta femme : il faudra me mettre à
l'aise, hein ? Il faudrait que je me barre tout seul avec des moutons mais je n'ai pas le courage ou l'envie ; pas le courage ou pas l'envie ? Ah ! La belle question.
1) Position existentialiste
Si tu n'y vas pas, c'est parce que tu n'en as pas le courage. L'homme choisit, nom de Dieu ! C'est lui qui décide de ses actes et qui est responsable. Il agit.
2) Position non existentialiste (ça a peut-être un nom)
Si tu n'y vas pas, c'est parce que tu n'en as pas envie. Si tu en avais vraiment envie, tu y
serais allé. L'effet, dans ce cas, justifie la cause. Dans le 1er cas, la cause justifie l'effet.
Dans le 1er cas, on peut se permettre de juger le bonhomme, il est responsable. Dans le deuxième cas, il ne l'est plus. Si tu as tué, c'est parce que tu en avais envie. Si tu en as eu envie, ça ne vient peut-être pas seulement de toi mais de ton passé, ton éducation etc... Mais ton passé, ton éducation, c'est toi. D'accord mais si je tue, c'est un peu mes parents, mes profs, mes amis qui tuent. On ne peut pas être totalement responsable, c'est qu'on ne peut disposer sainement de notre conscience pour agir dans la société. Alors on est fou, ou aliéné, ou névrosé. Qu'est-ce que c'est que ça encore ? Je m'arrête parce qu'on n'en finirait pas. Tout ça je le dis sans être interrompu, mais si tu en discutes, chaque mot que tu emploies peut avoir une

Roman Instinctiviste

signification différente pour l'interlocuteur. Voilà le problème de l'incommunication. C'est pour ça qu'il vaut mieux communiquer avec le ventre, parce qu'avec les mots on se fait chier et on ne s'en sort pas. Ça fait quand même des beaux débats à la télévision. Je vais aller fumer une cigarette et puis je me coucherai. J'essaierai de ne pas pleurer sur l'oreiller. N'oublie pas le gigot aux haricots verts, tu peux bien payer ça, merde ! En général, je peux le vendredi, le samedi, le dimanche.
Allez à bientôt de te lire. Je vous embrasse très fort tous les deux. n'oubliez pas ma proposition de ménage à trois. Pas d'animaux avec, ça ira bien comme ça. Vas voir les « chiens de paille » si tu ne l'as pas déjà vu. Moi, j'ai trouvé ça très bien. Salut. Et puis écris, salopard. Mes sentiments les plus profonds à ta femme et au gigot que, j'espère, elle me préparera. Merci. Tiens, je vous embrasse encore une fois.

Yvon

Biographie/Nécrologie*

Alain René Poirier
Né à 2h55 le 10 septembre 1947
à Pontoise Seine et Oise,
Décédé le .. .. 2015 16 17 18 19 20 *..
à .....
des suites d'un cancer du rein*
après avoir vaincu un cancer du rein*
*Rayez la mention inutile

Fils de
Robert Jean Poirier 17/05/1918-05/08/1977
manutentionnaire
et de
Pierre Lucienne Raymonde 02/12/1922-07/06/2002
employée de banque
Petit fils de
Alcide Poirier 07/09/1887- ????
machiniste,
Arrière-petit-fils de
Aristide Célestin Poirier 12/11/1860- ???
cultivateur Île d'Oléron,
Arrière-arrière-petit-fils de
Jacques Xavier Poirier 28/06/1837- ???
cultivateur/saunier Île d'Oléron,
Arrière-arrière-arrière-petit-fils de
Jean-Henri Poirier 1800- ???
saunier Île d'Oléron
Jean Poirier 1753-12/04/1813
Saunier Île d'Oléron
Jean René Poirier 01/05/1721-01/10.1777
Saunier
Marié à Barlin (62) le 26 Février 1972 à Joëlle Claude Delmarre 18/12/1948 qui se l'infuse depuis avec mérite et courage.
Un Fils Aymeric Dimitri Boris 7/09/1972
Une petite fille Oksana Irina. 3/11/2004

Vivre en 2014... OH putain !

Après de très médiocres études
Ecole primaire Fondary, Paris XV eme
Collège Claude Debussy Paris XV eme. Sélectionné au Yoyo roue libre pour la finale des figures à l'Alambra Paris.
Passe toutes ses vacances de Pâques et d'été en Charente Maritime chez ses grands parents maternels ou il garde les vaches et conduit des bœufs pour les travaux agricoles.
Bénéficie de la philosophie d'homme libre de son grand-père Pierre René.
Collège Jules Ferry CEP et BEPC, Ermont Val d'oise
Lycée Van Gogh Ermont Val d'oise, d'où il est viré en fin de 1ere. Menant parallèlement une carrière de Flipman gauche en équipe avec Gérard Boutouyrie au flipper droit.
Participe à la manifestation contre l'armement atomique de Paris à Taverny (MCAA) dans laquelle se trouvait Jean Rostand.
D'Ermont 95 descend deux fois en Charente Maritime en Solex et une fois à Saint Anastasie sur Isole via Marseille
Un an Fondation Sugère à Franconville en classe de sciences expérimentales, il rate avec brio son Bac en 1967.
Sur les conseils de William Parin, poursuivit sur sa lancée à l'ESBB Paris 9eme où il eût le même succès en candidat libre pour son BTS option biologie médicale en 1968.
Participe à la création d'affiches éphémères au Comité Révolutionnaire d'Action Culturelle (CRAC) Fac de la Halle au Vins en mai 1968.
Après une carrière autodidacte de technicien de laboratoire d'analyses médicales 1969- 1980 Laboratoire de la Croix Nivert Paris XV 1969-1971,
Armée de l'air service de santé 1970-1971 à Dijon, Orchamps, Reims
Laboratoire Moatti-Falconnet Villers le Bel 1971-1980 et technicien de gardes au laboratoire Aubradour au Blanc Mesnil 93 gardes nuit et week-end 1977-1980...
Co-fondateur avec Jean-Pierre Dhordain de L'association Nationale des Laborantins en Biologie ANALAB
Laboratoire de l'oise 95620 Parmain technicien cytologie de dépistage du cancer du col de l'utérus 1981-1982 en indépendant
Sur les conseils de Jean-Pierre Dhordain devient escroc en biologie, son préavis fut acheté au laboratoire Moatti-Falconnet pour 5 boites d'ATIII en IDR par Hoescht Behring, qui devint Behring, Dade Behring, puis Siemens. Carrière de mai 1980 jusqu'en juillet 2008 il termine comme « Spécialiste National Maladies Infectieuses » où lassé de ne rien foutre il fit valoir ses droits à la retraite.
Créateur du style instinctiviste en écriture, peinture, sculpture, musique.
Instinctiviste c'est : n'avoir strictement aucun talent, tout faire du premier jet, le plus vite possible, ne pas chercher à s'améliorer et en être parfaitement conscient.
Militant au Comité Vietnam National au milieu des années 1960 ou il participe à des quêtes sur la voie publique pour envoyer des vélos Peugeot au Nord Vietnam, puis adhérent par périodes jusqu'en début des années 1970 au Parti Communiste Français à qui il est redevable de son peu de culture.
Devenu depuis Anarchiste par affinité, et anti-calotins viscéral par dégoût de la connerie.
Musicalement après avoir écouté Johnny Hallyday et les chaussettes noires début des années 1960 découvre les originaux : Eddie Cochran, Buddy Holly, Little Richard, Bo Diddley, Chuck Berry, Gene Vincent et le vrai Rock'n Roll, le Blues avec Muddy Waters, Howlin' Wolf, Sonny Boy Williamson, B.B. King, T.Bone Walker puis les groupes anglo-saxons des années 1960-1970 Rolling Stones, Beatles, Kinks, Them, Yardbirds, Jimmi Hendrix, Pretty Things, T.Rex, Janis Joplin, Led Zepplin, The Who, Spencer Davis Group, The Animals, Frank Zappa, Bob Dylan, The Beach Boys, Ten Years After, The Doors, ...
Il abandonne aussi tôt la daube française et se débarrasse de ces premiers achats, parallèlement s'ouvre à Léo Ferré, Georges Brassens, Jean Ferrat, Marcel Mouloudji, Jacques Brel, Georges Moustaki, Serge Reggiani, Boby Lapointe. Pierre Vassiliu.
Farouche partisan, uniquement pour lui, du Suicide Assisté en cas de baisse des ses capacités intellectuelles, de perte même partielle d'autonomie ou de douleurs fortes et permanentes.

Roman Instinctiviste

Après sa mort, à sa demande, sa dépouille, ne présentant plus d'intérêt, sera mise dans une fosse commune pour servir de festin aux asticots, ou incinérée. Dans ce cas ses cendres seront rendues à la terre, malgré l'opposition farouche de cette dernière, dans le courant de la première moitié du 21éme siècle. Seule une cérémonie arrosée de Mojito, Planteurs, Ti'punch sur des musiques dansantes d'airs de Rock'n Roll où les cons seront persona non grata, est possible, si le temps le permet. De toutes autres exhibitions à la con s'abstenir.

Du même auteur : Editions Books and Demand

Anarchie Meurtres Sexe et Rock'n Roll V2,1 octobre 2013 ISBN 9782322032365
Quand passent les pibales juillet 2014 ISBN 9782322037292
Dieu créa le monde en écoutant les Rolling Stones Janvier 2015 IBSN 978232011193

Citations :

Crier mort aux cons peut parfois être considéré comme un geste suicidaire.
Tolérer les intolérants c'est se condamner à mort.
Pour une injustice frappant une crapule, faut-il prendre le parti de la crapule ?
Voter, c'est donner un chèque en blanc à un escroc.

© 2015, Alain René Poirier

Edition : BoD - Books on Demand
12/14 rond-point des Champs Elysées, 75008 Paris
Imprimé par Books on Demand GmbH, Norderstedt, Allemagne
ISBN : 9782322012633
Dépôt légal : Janvier 2015